KB240758

사양

사양

다자이 오사무 지음 | 육후연 옮김

인디북

　아침에 식당에서 수프를 한 수저 훌쩍 떠 넣으시던 어머니가 가냘픈 비명을 지르셨다.

　"아!"

　"머리카락이 있어요?"

　수프에 뭔가 언짢은 거라도 든 것일까 생각했다.

　"아니란다."

　아무 일 없었다는 듯 다시 한 수저 얼른 떠 넣으신 어머니는 얼굴을 옆으로 돌려 부엌 창 너머 꽃이 만발한 산벚나무를 바라보셨다. 그 자세로 다시 수프를 한 수저 떠서

작은 입술 사이로 훌쩍거리셨다. '훌쩍'이란 표현은 어머니의 경우 결코 과장된 표현이 아니다. 여성잡지 등에 실린 식사 예법과는 상당히 동떨어져 있다. 언젠가 남동생 나오지直治가 술을 마시며 내게 이런 말을 한 적이 있다.

"작위가 있다고 해서 다 귀족이 아냐. 작위가 없어도, 천작(天爵 : 남에게 존경받을 만한 선천적인 덕행-역주)을 소유한 훌륭한 귀족들도 있고, 우리처럼 작위만 있을 뿐이지 귀족은 커녕, 천민과 다름없는 사람들도 있다고. 이와지마岩島(나오지의 학우인 백작 이름) 같은 놈은 완전히 신주쿠新宿 유곽의 유객꾼 우두머리보다도 훨씬 저속해. 요전에도 야나이柳井(나오지의 학우로서 자작의 처남)의 형님 결혼식에 버젓이 턱시도를 입고 왔더라고. 도대체 그 녀석이 턱시도를 입고 와야 할 필요가 있어? 그래 거기까지는 좋아, 인사말할 때는 그 자식의 이상야릇한 말투 때문에 구역질이 나더라고. 그 녀석이 피우는 거드름은, 품위와는 거리가 먼 볼썽사나운 허세야. 혼고本鄕 근처에 '최고급 하숙집'이라고 내건 간판이 흔했잖아, 사실 귀족입네 하는 치들 대부분은 최고급 거지라고 할 만한 빌어먹을 존재지. 진짜 귀족은 이와지마 녀석처럼 어설픈 거드름은 피우지 않아. 우리 집안을 봐도, 진정한 귀족은 어머니밖에 없어. 사실이라고.

아무도 어머니를 흉내 낼 수 없지."

수프를 드시는 방법만 해도 우리는 고개를 약간 숙여 수프를 떠먹지만, 어머니는 왼손을 식탁 가장자리에 살짝 걸치고 상체를 편 채 얼굴을 꼿꼿이 들고는 접시를 제대로 쳐다보지도 않고 수프를 쏙 떠서는 날쌘 제비처럼 가볍고 능란한 솜씨로 숟가락을 입과 직각이 되도록 가져와서 숟가락의 앞 끄트머리에 입을 대고 드신다. 그리고 천진난만하게 여기저기 곁눈질을 하면서 숟가락을 작은 깃털처럼 다루시며 수프를 한 방울도 흘리지 않고 드시는데, 먹는 소리나 숟가락이 접시에 부딪히는 소리도 내지 않고 홀쩍홀쩍 잘 드신다. 이런 방법이 소위 말하는 식사 예법에 어긋난 방법일지는 모르지만, 내게는 그 모습이 얼마나 사랑스러워 보이는지, 오히려 진짜 식사 예법처럼 느껴진다. 사실 걸쭉한 음식은 고개를 숙여 숟가락 옆으로 먹는 것보다 여유 있게 상반신을 세워 숟가락 끝으로 먹으면 묘하게 더 맛나다. 하지만 나오지의 말처럼 최고급 거지 부류에 속하는 나는 어머니처럼 숟가락을 수월하게 다루지 못해 어쩔 수 없이 소위 정식 예법에 따라 고개를 숙여 우울한 식사를 하고 있다.

수프에 한하지 않고 어머니의 식사법은 정식 예법에서

상당히 벗어나 있다. 고기를 드실 때도 먼저 나이프와 포크로 얼른 다 자른 후, 나이프는 내려놓고 포크를 오른손으로 옮겨 쥐고서 한 점 한 점 천천히 즐기며 드신다. 뼈있는 닭고기만 해도 우리가 접시 소리를 내지 않으려고 고심하며 살을 발라내고 있을 때, 어머니는 아무렇지도 않게 손가락으로 뼈를 잡고 입으로 수월하게 닭살을 뜯고 계신다. 그런 천박한 행동도 어머니가 하시면 사랑스러우면서도 에로틱한 느낌마저 든다. 역시 진짜는 뭔가 달라도 다르다. 닭고기뿐만 아니라 점심 찬으로 내놓은 햄과 소시지도 가끔 손으로 집어 드신다.

어머니는 이런 말씀을 하셨다.

"주먹밥이 맛있는 이유를 알고 있니? 그건 사람의 손으로 꽉꽉 주물러 만들기 때문이란다."

정말 손으로 먹으면 맛있겠다는 생각을 해 본 적은 있지만, 나 같은 최고급 거지가 서투르게 흉내 냈다간 그야말로 진짜 거지꼴이 되고 말 것 같아 자제하고 있다.

나오지는 어머니를 도저히 따라할 수 없다고 말하곤 했는데, 나도 어머니를 모방할 수 없다는 사실 때문에 깊은 절망감마저 들 때가 있었다. 니시카타마치西片町에 살고 있을 때의 일이다. 가을로 접어든 어느 휘영청 달 밝은 밤에,

어머니와 함께 집 안뜰 연못 가장자리에 있는 정자에서 달 구경을 하며, 여우색시와 쥐색시가 시집갈 때 각각 어떻게 준비하는가 하는 따위의 이야기를 웃으면서 나누던 중이었다. 갑자기 어머니가 일어나시더니 정자 옆 싸리 덤불 속으로 들어가셨다. 그리곤 하얀 싸리꽃 사이로 한결 더 선명해진 하얀 얼굴을 내밀고 살짝 웃으시며 말씀하셨다.

"가즈코야! 내가 지금 무얼 하고 있는지 맞춰 보렴."

"싸리꽃을 꺾고 계시잖아요."

나의 대답에, 어머니는 작은 소리로 웃으시며 말씀하셨다.

"쉬하고 있단다."

나는, 어머니의 전혀 웅크리고 있지 않는 자세에 놀랐다. 하지만 나 따위는 감히 흉내 낼 수 없는 자연스러운 모습에 진심으로 사랑스러운 느낌이 들었다.

오늘 아침에 일어난 수프 이야기에서 상당히 벗어났지만, 요전에 어느 책에서 루이 왕조 시대의 귀부인들은 궁전 뜰과 복도 구석에서 예사롭게 소변을 누었다고 하는 사실을 읽고는, 그 순진함이 너무나 사랑스러웠고, 우리 어머니도 그 같은 진짜 귀부인의 최후의 한 사람이 아닐까 하는 생각을 했다.

여하튼 오늘 아침 수프를 한 수저 드시고, '아' 하고 가냘픈 비명을 지르시기에 머리카락이 들었냐고 여쭙자, 아니라고 대답하셨다.

"수프가 짰나 봐요?"

오늘 아침 수프는 요전번 미국에서 배급된 통조림 완두콩을 체로 걸러서 포타주(potage : 걸쭉한 수프를 일컬음-역주)처럼 만들었는데, 원래 요리에는 자신이 없었던 터라 어머니에게서 아니라는 대답을 들었어도 여전히 조마조마한 마음으로 여쭈었다.

"맛있게 잘 만들었는걸."

어머니는 진지하게 말씀하시고, 수프를 다 드신 후 김말이 주먹밥을 손으로 집어 드셨다.

나는 어릴 적부터 아침에는 밥맛이 없었다. 열 시쯤에 시장기를 느끼는데 그때도 수프만은 어떻게 가까스로 먹지만, 먹는 게 힘들어 주먹밥을 접시에 올려놓고는 젓가락으로 깐작깐작 부순다. 그리고 젓가락으로 한 점 집어 들고는, 어머니가 수프를 드실 때 숟가락을 다루시는 것처럼 젓가락을 입과 직각이 되게 하여 마치 새에게 모이를 주듯이 입 안으로 집어넣어 꾸물거리고 먹는다. 그 사이 어머니는 이미 다 드시고 벌떡 일어나서서 아침 햇살이 내리는 벽에 등을 기대시고는 조용히 내 먹는 모습을 지켜보며 한 말씀 하셨다.

"가즈코는 아직 안 되겠는걸. 아침밥을 가장 맛있게 먹어야 하는데 말이다."

"어머닌요? 맛있어요?"

"난 이제 환자가 아닌걸."

"저도 건강해요."

"아냐, 아냐."

어머니는 쓸쓸히 웃으며 고개를 가로저었다.

나는 5년 전, 폐병으로 앓아누운 적이 있었다. 하지만 그건 하찮은 병이었고, 지난번 어머니의 병환은 그야말로 걱정스럽고 애처로웠다. 그런데도 어머니는 나만 걱정하고 계신다.

"아."

"왜 그러니?"

이번엔 어머니가 물으셨다.

서로를 마주 보며 무언가 완전히 통한 느낌에 내가 소리 내어 웃자, 어머니도 빙그레 웃으셨다.

참을 수 없이 부끄러운 생각이 엄습해 올 때 '아' 하는 알 수 없는 가냘픈 비명을 지르는 법이다. 지금 나의 가슴에 느닷없이 6년 전 이혼했을 때의 일이 선명하게 떠올라 마음을 가누지 못하고 무심코 그만 '아' 하고 소리를 질렀다. 어머닌 왜 그랬을까? 설마 어머니께 나와 같은 부끄러운 과거가 있을 리 없는데, 아니면 그런 일이 있었단 말인가?

"어머니도 아까 무언가를 떠올리신 거죠? 뭐예요?"

"잊어버렸어."

"저의 일이에요?"

"아니."

"나오지?"

어머니는 나의 물음에 '그래' 하고 대답을 하다 말고 고개를 갸웃거리시며 그럴지도 모른다고 말씀하셨다.

동생 나오지는 대학을 다니는 도중에 소집영장이 나와 남쪽 섬으로 떠났다. 그 후로 소식이 두절되어 종전 후에도 행방이 묘연해 어머니는 이제 나오지를 단념하신 듯 말씀하셨지만 나는 그렇게 생각해 본 적이 한 번도 없었다. 기필코 다시 만날 수 있을 거라는 생각뿐이다.

"단념해 버렸다고 생각했는데, 맛있는 수프를 먹으니 나오지가 생각나 견딜 수가 없었단다. 나오지에게 더 잘해 주지 못한 게 마음에 걸려."

나오지는 고등학교에 들어갈 무렵부터 문학에 심취하더

니 거의 불량학생처럼 행동하여 어머니가 마음고생을 얼마나 심하게 하셨는지 모른다. 그런데도 어머니는 수프를 한 수저 드시고는 나오지 생각이 나서 '아' 하고 탄식하신다. 나는 눈시울이 뜨거워져 억지로 밥을 입 안에 밀어 넣었다.

"괜찮아요. 나오지는 괜찮아요. 나오지 같은 악인은 잘 죽지도 않는다고요. 죽는 사람은 으레 얌전하고 예쁘고 착한 사람이죠. 나오지 같은 애는 몽둥이로 흠씬 두들겨 맞아도 죽지 않을걸요."

"그럼 가즈코는 일찍 죽을지도 모르겠네."

어머니는 웃으시며 나를 놀리셨다.

"어머, 왜요? 저야말로 미움 받는 나쁜 사람이어서 여든 살까지는 끄떡없어요."

"그래? 그렇다면 이 엄마는 아흔까지는 문제없겠네."

"네?"

나는 조금 난처해졌다. 악인은 장수하고, 미인은 요절한다. 어머니는 미인이다. 그렇지만 오래 사셨으면 하는 바람이다. 나는 몹시 당황했다.

"어머닌 정말 짓궂어요!"

아랫입술이 바르르 떨리면서 내 눈에서 눈물이 왈칵 쏟

아졌다.

　뱀 이야기를 해 볼까 한다. 수프 사건이 있기 사오일 전 어느 날 오후, 동네 아이들이 우리집 정원의 대숲 울타리에서 열 개 정도의 뱀 알을 발견해서 가지고 왔다.

　"살무사 알이다!"

　아이들은 앞다투어 우겨댔다. 대숲에서 살무사 열 마리가 태어난다고 생각하니 나는 섣불리 마당에 발도 들여놓지 못할 것 같아 아이들에게 태워 버리자고 했다. 그러자 아이들은 기뻐서 팔짝팔짝 뛰며 내 뒤를 따라왔다.

　대숲 근처에서 나뭇잎과 잔가지 같은 걸 쌓아 올려 태우면서 그 불 속에 알을 한 개씩 던져 넣었다. 알은 여간해서 잘 타지 않았다. 아이들이 다시금 나뭇잎과 잔가지를 불길 위에 올려서 불기운을 강하게 하여도 알은 탈 기미를 보이지 않았다.

　아랫마을에 사는 농부의 딸이 울타리 밖에 서서 이쪽을 보고 웃으며 물었다.

　"뭐 하시는 거예요?"

　"살무사 알을 태우고 있어요. 살무사가 부화라도 된다면 끔찍하잖아요."

　"크기가 어느 정도인가요?"

"메추라기 알만하고 새하얗습니다."

"그렇다면 보통 뱀 알이에요. 살무사 알은 아닙니다. 날 것은 여간해서 잘 타지 않아요."

아가씨는 자못 재미있다는 듯 웃으며 가던 길을 갔다.

20분 정도 불을 피웠는데도 불구하고 알이 타지 않아 아이들에게 불 속에서 알을 주워 매화나무 아래에 묻도록 하고, 나는 작은 돌을 모아서 묘표를 만들었다.

"그럼, 모두 기도하는 거예요."

내가 쪼그리고 앉아서 합장을 하자 아이들도 얌전하게 내 뒤에서 웅크리고 앉아 합장을 하는 듯했다. 아이들과 헤어지고 혼자서 돌계단을 천천히 올라오니, 계단 위 등나무 시렁 아래에 어머니가 서 계셨다.

"가여운 짓을 했구나."

"살무사인 줄 알고 그랬어요. 정성껏 묻어 주고 했으니까 괜찮아요."

말은 그렇게 했지만 어머니께 들킨 게 영 꺼림칙했다.

어머니는 결코 미신을 믿는 분은 아니지만, 10년 전 아버지가 니시카타마치의 집에서 돌아가신 후로는 뱀을 상당히 두려워하고 계신다. 아버지께서 임종하시기 직전에 어머니가 아버지의 머리맡에 가느다란 검은 끈이 떨어져

있는 것을 보시고, 무심코 주우려고 하셨는데 바로 뱀이었
다. 스르르 도망쳐 복도로 빠져나간 후로는 행방을 알 수
없었다. 뱀을 본 것은 어머니와 와다利田 외숙 두 분뿐이었
는데, 두 사람은 서로 마주 보며 임종 후 접객의 자리에 소
요가 일어나지 않도록 꾹 참고 조용히 계셨다고 한다. 우
리도 그 자리에 있었지만 뱀의 출현은 전혀 알지 못했다.

그런데 아버지가 운명하신 그날 저녁 무렵 마당 연못가
의 나무 전체에 뱀이 친친 감겨 있던 사건은 내가 실제로
목격했기 때문에 알고 있다. 지금의 내가 스물아홉의 아줌
마니까, 10년 전 아버지가 돌아가실 때에는 열아홉 살이나
먹은 나이였다. 철부지 어린아이가 아니었기에, 십 년이나
지났지만 그때의 일은 분명하게 기억하는 틀림없는 사실
이다.

내가 아버지의 영전에 바칠 꽃을 꺾으러 정원의 연못 쪽
으로 걸어가 철쭉이 핀 연못가에 발을 멈추고 문득 바라보
니 철쭉나무 가지 끝에 작은 뱀이 휘감겨 있었다. 흠칫 놀
란 나는 그 옆의 황매화 가지를 꺾으려고 했는데 그 가지
에도 뱀이 휘감겨 있었다. 옆에 있는 물푸레나무, 어린 단
풍나무, 금작화 그리고 등나무에도 모든 나무란 나무에는
뱀이 휘감겨 있었다. 하지만 나는 그다지 무섭지 않았다.

뱀도 나와 같이 아버지의 죽음을 애도하기 위해 땅속에서 기어나와 아버지의 명복을 빌고 있다는 느낌만 들었다. 정원에서 내가 겪은 일을 어머니께 살짝 말씀드리자, 어머니는 차분하게 무언가 의아스러운 듯 약간 고개만 갸웃거릴 뿐 별말씀은 없으셨다.

하지만 두 건의 뱀 사건으로 어머니가 뱀을 매우 싫어하게 된 것은 사실이었다. 싫다기보다는 숭배하고 두려워하는 경외심을 품게 된 것이다.

뱀 알 태우는 장면을 목격한 어머니께서 어떤 불길함을 분명 느꼈을 거라 생각하니, 갑자기 알을 태운 것이 너무나 무서운 행동이었다는 느낌에 사로잡혔다. 이번 일로 어머니께 나쁜 응보라도 내려지지 않을까 하는 불안한 마음에 다음날도 그 다음날도 그 생각이 뇌리에서 떠나질 않았다. 그런 와중에 오늘 아침 식당에서 미인은 요절한다느니 하는 쓸데없는 말을 생각 없이 내뱉고서 어찌할 바를 몰라 울고 말았다. 식사 후 뒷정리를 하면서 왠지 내 가슴속 깊은 곳에 어머니의 수명을 단축시키는 으스스하고 불길한 작은 뱀 한 마리가 똬리를 틀고 앉아 있는 것 같아 불쾌하기 짝이 없었다.

그날 나는 정원에서 뱀을 보았다. 그날은 무척 화창한

날씨여서 부엌일을 마치고 뜰 잔디밭에서 뜨개질이나 할까 싶어 등의자를 가지고 마당에 내려섰는데 정원석을 따라 난 갓대가 있는 곳에 뱀이 있었다. 나는 잠깐 불쾌했을 뿐 더 이상 생각지 않고 다시 되돌아가 툇마루에 등의자를 놓고 뜨개질을 시작했다. 오후에 나는 마당 구석에 자리하고 있는 당집 깊숙이 보관해 둔 장서藏書 속에서 로랑 생(Laurencin : 1883~1956, 프랑스의 여류 화가)의 화집을 가져오려고 정원에 내려섰는데 뱀이 잔디 위를 느릿느릿 기어 다니고 있었다. 아침에 본 뱀과 같은 것이었다. 호리호리하고 자태가 고운 것이 암컷인 듯했다. 뱀은 잔디를 유유히 가로질러 찔레꽃 그늘 밑에 이르자 멈춰 서서 고개를 들고는 갸름한 불꽃 같은 혀를 날름거렸다. 그러고는 주위를 둘러보는 듯하더니 잠시 후 고개를 떨구고서 상당히 나른한 듯 몸을 웅크렸다. 나는 그때도 참 아름다운 뱀이구나 하는 생각뿐이었다. 얼마 후 당집에 가서 화집을 꺼내 들고 오는 길에 아까 뱀이 있던 곳을 설핏 보았지만 이미 사라지고 없었다.

저녁 무렵, 응접실에서 어머니와 차를 마시면서 정원을 보고 있는데 돌계단의 세 번째 단에 오늘 아침 본 뱀이 유유히 그 모습을 드러냈다.

“저 뱀은?”

뱀을 발견하신 어머니가 말씀하시며 곧장 내게 다가오시더니 내 손을 잡으신 채 꿈쩍도 않고 서 계셨다.

“알의 어미?”

어머니의 말씀을 듣고 짚이는 바가 있어 이렇게 말해 버렸다.

“그래, 그렇다니까.”

어머니는 거칠게 숨을 내쉬며 말씀하셨다.

우리는 손을 마주 잡고 숨을 죽인 채 가만히 그 뱀을 지켜보고 있었다. 돌계단 위에 나른한 듯 웅크리고 있던 뱀은 비틀거리듯 움직이기 시작하더니 힘없이 돌계단을 가로질러 제비붓꽃 쪽으로 기어들었다.

“오늘 아침부터 마당을 돌아다니고 있어요.”

기어드는 목소리로 어머니께 말씀드리자, 어머니는 한숨을 쉬고 털썩 의자에 주저앉으셨다.

“그렇지? 알을 찾고 있는 게야. 가엾어라.”

어머니는 침울하게 말씀하셨다.

나는 웃을 수밖에 달리 도리가 없었다.

석양이 어머니 얼굴을 비추었다. 어머니의 눈은 푸른 빛이 감돌 정도로 빛나 보였고, 약간 노기 어린 얼굴은 와락

안기고 싶을 만큼 아름다웠다. 나는 어머니의 얼굴이 아까 본 애처로운 뱀과 어딘가 닮았다는 생각을 했다. 언젠가 내 마음에 사는 살무사처럼 징그럽고 흉측한 뱀이 깊은 슬픔에 잠긴 아름답기 그지없는 어미 뱀을 물어 죽이는 건 아닐까. 왜 그런지 그런 기분이 들었다.

나는 완만하며 가냘픈 어머니의 어깨에 손을 얹고서 이유 모를 괴로움에 몸부림쳤다.

도쿄 니시카타마치의 집을 정리하고, 약간은 중국풍인 이즈伊豆의 이 산장으로 이사를 온 것은, 일본이 무조건 항복선언(1945년 8월 15일)을 한 그해 12월 초순경이었다. 아버지가 돌아가신 후로, 집안의 경제는 어머니의 남동생이며 지금은 어머니의 유일한 혈육인 와다 외삼촌께서 돌봐주셨다. 종전 후 세상이 바뀌어 형편이 어려워진 외숙께서 집을 팔 것과, 하녀들을 모두 내보내고 모녀 둘이서 시골에 있는 아담한 집을 사서 편하게 지내라는 말씀을 어머니께 건네신 모양이었다. 금전 문제에 있어서 아이보다도 더 무지한 어머니께서는 와다 외숙의 말씀을 듣고 모든 처리를 맡기신 모양이었다.

11월 말에 외숙한테서 속달이 날아왔다. 내용인즉슨, 순즈駿豆 철도의 선로를 따라 난 부지에 위치한 가와다河田 자작의 별장이 매물로 나와 있는데, 높은 곳에 위치하고 있어 전망 좋고 백 평 정도의 밭도 딸려 있다. 그 근방은 매실의 명소이며 겨울은 따뜻하고 여름은 시원하여 틀림없이 마음에 들 것이다, 상대방과 직접 만나서 대화를 할 필요가 있을 것이니 내일 긴자銀座에 있는 외숙 사무실까지 나와 달라는 것이었다.

"어머니, 가실 거예요?"

"내가 부탁해 놓은 일이라 어쩔 수 없잖니."

어머니는 쓸쓸한 미소를 지으시며 자못 힘겹게 말씀하셨다.

다음날 어머니는 이전에 기사로 일했던 마츠야마松山 씨에게 부탁해 오후에 외출하셨다가 밤 8시경에 집에 돌아오셨다.

"결정했단다."

어머니는 내 방으로 들어오셔서 책상을 짚고 그대로 힘없이 주저앉으시며 말씀하셨다.

"정하다니, 무얼 말이죠?"

"전부."

"그래도 그렇죠. 어떻게."

나는 놀랐다.

"어떤 집인지 보지도 않고…….."

"와다 외숙께서 좋은 곳이라고 하셨어. 묵인하고 그 집으로 이사를 해도 괜찮겠다는 생각이 들더구나."

어머니는 책상 위에 한쪽 팔꿈치를 세우시고 손을 이마에 가볍게 댄 채 작은 한숨을 내쉬며 말씀하셨다. 그러고 나서 고개를 들어 살며시 웃으셨다. 약간 수척한 어머니의 얼굴은 아름다웠다.

"그래요."

나도 어머니의 외숙에 대한 신뢰감의 아름다움에 두 손을 들고 말았다.

"그럼 저도 묵인할게요."

둘이서 큰 소리로 웃었지만, 웃음 뒤에 밀려드는 쓸쓸함은 이루 말할 수 없었다.

그로부터 매일 인부들이 와서 이삿짐을 꾸리기 시작했다. 와다 외숙도 일부러 오셔서 팔아 버릴 것은 팔도록 이것저것 챙겨 주셨다. 나는 하녀인 오기미와 둘이서 옷가지 정리며 마당에서 쓰레기를 태우기도 하며 부산한데, 어머니는 전혀 거들거나 지시도 하지 않고 날마다 방에서 이유 없이 꾸물거리셨다.

“왜 그러세요? 마음이 변하셨어요?”

나는 큰맘 먹고 어머니에게 조금 매몰스레 여쭤 보았지만 넋 나간 사람처럼 아니라고만 대답하셨다.

열흘쯤 지나 정리가 끝났다. 나는 해질 무렵 오기미와 둘이 종이 쓰레기며 지푸라기를 마당에서 태우고 있었는데, 어머니도 방에서 나와 툇마루에 서서 모닥불을 말없이 보고 계셨다.

침울한 기운이 감도는 차가운 서풍이 불어와 연기가 지면에 낮게 드리우며 날렸다. 그때 설핏 어머니의 얼굴을 쳐다보았는데, 어머니의 안색이 지금까지 본 적 없을 만큼 좋지 않아 깜짝 놀라서 소리쳤다.

“어머니! 안색이 나빠 보여요.”

“아무렇지도 않단다.”

어머니는 엷은 미소를 머금고 방으로 들어가셨다.

그날 밤, 이미 짐을 꾸려 놓은 상태라 오기미는 이층 응접실 소파에서, 어머니와 나는 어머니 방에서 이웃에게 빌린 이불을 깔고 함께 누웠다.

“네가 있기 때문에, 네가 곁에 있기에 이 어미는 이즈에 가는 거란다. 네가 곁에 있으니까 말이다.”

어머니는 놀랄 만큼 노쇠하고 가냘픈 목소리로 의외의

말씀을 하셨다.

나는 가슴이 철렁했다.

"제가 없으면요?"

나는 무심코 여쭤 보았다.

어머니는 갑자기 눈물을 보이시면서 띄엄띄엄 말씀을 이으셨다.

"죽는 게 나아. 아버지가 돌아가신 이 집에서, 이 어미도 눈을 감고 싶단다."

말씀을 이으시던 어머니는 마침내 격하게 울음을 터뜨리셨다.

어머니는 지금까지 한 번도 내게 이런 심약한 말씀을 하신 적이 없었고, 또한 이토록 서럽게 흐느껴 우는 모습을 내게 보이신 적도 없었다. 아버지가 돌아가신 날도, 내가 결혼하던 날도, 임신한 채 남편과 헤어져 어머니 슬하로 돌아왔을 때도, 아기가 병원에서 죽은 채 태어났을 때도, 그러고 나서 내가 병으로 몸져누웠을 때도, 또한 나오지가 사고를 쳤을 때도 어머니는 결코 이런 나약한 모습을 보이시지 않았다. 아버지가 돌아가신 이래 10년 동안, 어머니는 아버지가 살아 계실 때와 조금도 다름없이 낙천적이고 상냥한 분이셨다. 그런 까닭에 나와 나오지도 맘껏 응석을 부리며 자란 것이다. 하지만 이제 어머니는 가난해지셨다. 모두 우리를 위해, 나와 나오지를 위해 조금도 아까워하지 않고 돈을 쓰셨다. 그리하여 이제 오래도록 정들었던 집을 떠나 이즈의 작은 산장에서, 나와 단둘이서 적적한 생활을 하셔야만 한다. 만약 어머니가 고약하고 인색하며 우리를 야단치고 몰래 당신 몫으로 돈을 챙길 궁리를 하실 만한 분이라면, 아무리 세상이 변해도 저런 죽고 싶은 심정을 갖지는 않으셨을 텐데, 정말 가난해진다는 건 무섭기 짝이 없고 비참하며 구원받지 못할 지옥이라는 것을 난생 처음 피부로 느꼈다. 가슴이 터질 것 같아 울고 싶었지만 울수가 없었다. 인생의 엄숙함이란 이런 때의 느낌을 말하는 것일까, 옴짝달싹할 수 없는 심정으로 반듯이 누운 채, 나는 꼼짝하지 않았다.

다음날 어머니는 여전히 안색이 좋지 않으셨고, 늑장을 부리며 조금이라도 더 머물고 싶어하는 기색이었지만, 와다 외숙께서 오셔서 대부분의 짐을 이미 발송해 버린 터라 오늘 이즈로 출발해야 한다고 타일렀기 때문에, 어머니는 마지못해 외투를 입으셨다. 그리고 작별인사를 건네는 오기미나 드나드는 사람들에게 말없이 고개 숙여 답례를 하신 후, 숙부님과 나와 함께 니시카타마치의 집을 나섰다.

기차가 비교적 한산하였고 세 사람 모두 자리에 앉았다. 기차 안에서 숙부님은 기분이 썩 좋은 듯 우타이(일본 가면 음악극의 가사-역주)를 흥얼거리기도 하셨다. 그러나 어머니는 안색이 좋지 않은 채 애처롭게 고개를 떨구고 계셨다. 미시마三島에서 순즈駿豆 철도로 갈아타고 이즈나가오카伊豆長岡에서 하차하여, 다시 버스를 타고 15분 정도 간 곳에서 내려 산 쪽으로 완만한 비탈길을 오르자 작은 부락이 자리잡고 있었다. 그 부락 변두리에 제법 그럴듯한 중국풍의 산장이 있었다.

"어머니! 생각보다 좋은 곳이군요."

나는 숨을 헐떡거리며 말했다.

"그렇구나."

어머니도 산장의 현관 앞에 서서 기뻐하시는 눈치였다.

"우선 공기가 좋아, 정말 상쾌하잖아요."

외숙이 자랑하셨다.

"정말, 이곳 공기는 정말 맛있어!"

어머니는 미소를 머금고 말씀하셨다.

그리고 세 사람은 함께 웃었다.

현관에 들어서 보니 도쿄에서 부친 짐이 이미 도착해 현관과 방은 짐으로 가득했다.

"다음은, 방에서 보이는 전망이 그만입니다."

숙부님은 들떠 우리를 방으로 데려가 앉혔다.

오후 세 시쯤이었는데 겨울 햇살이 정원의 잔디를 부드럽게 어루만지고 있었고, 잔디에서 돌계단이 끝나는 곳에 작은 연못이 있었다. 주위엔 매화나무가 많이 심어져 있었다. 그리고 마당 아래에는 귤밭이, 귤밭이 끝나는 곳에는 마을 길이 나 있었다. 건너편에는 논밭, 그리고 훨씬 더 멀리엔 솔밭이 있는데 그 너머로 바다가 보였다. 이렇게 방에 앉아 바다를 보니 수평선이 내 가슴에 살짝 닿을 정도의 높이로 보였다.

"온화한 풍경이로구나."

어머니는 근심스런 투로 말씀하셨다.

"공기 탓일까. 햇빛이 도쿄와 판이하군요. 햇살이 마치 명주 밭인 것처럼 곱고 부드러워요."

나는 신나서 말했다.

다다미 열 장짜리와 여섯 장짜리 방이 각각 한 개씩, 중국풍의 응접실과 그다지 넓지 않은 현관과 욕실 그리고 식당과 부엌이 일층에 자리하고 있고, 커다란 침대가 달린 손님용 방 한 칸이 이층에 있는 정도의 작은 규모지만, 어머니와 나 그리고 나오지가 돌아와 셋이서 지내도 불편함이 없을 것 같았다.

외숙이 이 부락에서 단 하나뿐인 여관에 식사를 부탁하셨고, 머지않아 배달되어 온 도시락을 방에 펼쳐 놓고, 가지고 온 위스키를 마시면서 이 산장의 전 주인이었던 가와다河田 자작과 중국에 놀러 가서 즐겼던 때의 실패담 등을 유쾌하게 늘어놓으며 즐거워하셨지만, 어머니는 도시락에 겨우 잠깐 젓가락질을 하셨을 뿐이었다. 주위에 땅거미가 내릴 무렵 어머니는 나직이 말씀하셨다.

"나 좀 눕고 싶구나."

내가 짐 속에서 이불을 꺼내어 눕혀 드리고, 왠지 마음이 불안하여 짐 속에서 체온계를 찾아 어머니의 체온을 재어 보았다. 39도였다.

외숙도 놀라신 듯 곧장 아랫마을까지 의사를 부르러 나가셨다.

"어머니!"

어머니는 불러도 그저 꾸벅꾸벅 졸고 계셨다.

나는 어머니의 가냘픈 손을 꼬옥 쥐고서 흐느꼈다. 어머니가 불쌍하고 불쌍해서, 아니 우리 둘이 가엾고 가엾어서 아무리 울어도 울음이 멈추질 않았다. 울면서, 정말 그대로 어머니와 함께 죽고 싶었다. 더 이상의 희망이 우리에겐 없었다. 우리의 인생은 니시카타마치의 집을 떠나올 때 이미 끝났다고 생각했다.

두 시간쯤 지나 외숙께서 마을에서 의사 선생님을 모시고 오셨다. 의사 선생님은 연세가 꽤 지긋한 분이었고 센다이히라(仙台平 : 센다이 지역의 특산물로 하카마감으로 쓰는 비단)로 만든 하카마(袴 : 타이즈 비슷한 바지 모양의 남성용 의복) 차림에 흰 버선을 신고 있었다.

의사 선생님은 진찰을 끝낸 후 폐렴이 될지도 모르지만, 폐렴에 걸려도 걱정할 정도는 아니라는 식의 어쩐지 미덥지 않은 말씀을 하시며 주사를 놓고는 돌아갔다.

다음날도 어머니의 열은 내리지 않았다. 와다 외숙은 나에게 2천 엔을 주시며, 만약 입원해야 될 상황이 되면 전보를 치라는 말씀을 남기시고 일단 그날은 도쿄로 돌아가셨다.

나는 짐 속에서 당장 필요한 최소한의 취사도구를 꺼내 죽을 끓여 어머니께 권했다. 어머니는 누우신 채로 세 숟가락 드시고는 그만 드시겠다고 고개를 가로저었다. 거의 정오가 다 된 무렵, 아랫마을 의사 선생님이 다시 오셨다. 이번에는 하카마는 입지 않았지만, 흰 버선은 여전히 신고 계셨다.

“입원하는 것이 좋지 않을까요?”

내가 여쭤 보았다.

“아니, 그럴 필요는 없을 겁니다. 오늘은 한번 강한 주사를 놓아 드리죠. 아마 열도 내릴 것입니다.”

여전히 미덥지 않은 대답을 내뱉고는 소위 그 강한 주사를 놓고 돌아가셨다.

그런데 그 강한 주사가 효험을 발휘한 것인지 어쩐지, 그날 오후에 어머니의 얼굴이 새빨개지고 온몸이 땀범벅이 되어, 잠옷을 갈아입으시며 어머니가 웃으며 한마디 하셨다.

“명의일지도 몰라.”

열은 37도로 내려가 있었다. 나는 너무 기쁜 나머지 이 마을의 유일한 여관으로 달려가 주인에게 부탁해 계란 열 개를 얻었다. 그것을 즉시 반숙으로 삶아서 어머니께 드렸다. 어머니는 반숙 세 개와 죽 반 그릇 정도를 드셨다.

다음날 마을 명의께서 흰 버선을 신고 다시 오셨는데, 내가 어제의 강한 주사에 대해 고맙다고 인사를 드리자, 효과가 나타난 것이 당연하다는 표정으로 고개를 크게 끄덕이며 성심껏 진찰을 하고 나서 내 쪽을 돌아보며 역시 그 특유의 이상한 말투로 말씀하셨다.

“부인께서는 이제 다 나으셨습니다. 그러므로 이제부터

무얼 드셔도, 무얼 하셔도 괜찮습니다."

나는 터지는 웃음을 꾹 참느라 애를 먹었다.

의사 선생님을 현관까지 배웅하고 방으로 돌아와 보니 어머니는 이부자리 위에 앉아 계셨다.

"정말 명의인걸. 난 이제 다 나았어."

어머니는 자못 흐뭇한 표정으로 넋 나간 사람처럼 혼잣말을 하셨다.

"어머니, 눈이 내려요. 장지문을 열까요?"

꽃잎 같은 함박눈이 사뿐히 내리기 시작했다. 나는 장지문을 열고서 어머니와 나란히 앉아 창 너머로 이즈의 눈을 바라보았다.

"이제 난 건강해."

어머니는 다시 혼잣말을 하셨다.

"이렇게 앉아 있으니 지난 일이 모두 꿈만 같구나. 난 정말 이사 직전에, 이즈로 오는 것이 어찌나 싫었는지 모른단다. 니시카타마치의 집에서 하루라도 아니 반나절만이라도 더 머물고 싶었지. 기차에 오르고 나서는 반쯤 죽은 사람 같았고, 여기에 도착했을 때도 처음에는 기분이 좋은 듯했지만, 어둑어둑해지면서 한층 더해진 도쿄에 대한 그리움 으로 가슴이 미어져 정신이 아득해졌단다. 예사로운 병이 아니었던 게야. 신께서 나를 한 번 죽이시고 어제까지와는 다른 나로 재창조하여 소생시켜 주신 것이 분명해."

그리하여 오늘까지 우리 두 사람만의 산장 생활이 이럭저럭 무사 안온하게 지속되고 있다. 마을 사람들도 우리에게 친절하게 대했다. 여기로 이사를 온 것이 작년 12월이었다. 그로부터 1월, 2월, 3월 그리고 4월의 오늘까지, 우리는 식사 준비 할 때를 제외하고는 대개 툇마루에서 뜨개질을 하거나 응접실에서 독서를 하거나 차를 마시는 등, 거의 속세를 떠난 사람들처럼 생활하고 있었다. 2월에는 매화꽃이 만발하여 이 마을 전체가 매화꽃으로 뒤덮였다. 3월에도 바람 없는 온화한 날이 많아서 만개한 매화꽃은 조금도 상하지 않고 3월 말까지 아름다움을 유지하고 있었다. 아침, 낮, 저녁 그리고 밤에도 매화꽃은 한숨이 저절로 나올 만큼 아름다웠다. 그리고 툇마루의 유리문을 열면 늘 꽃향기가 방 안으로 흘러들었다. 3월이 끝날 무렵에는 해질녘이 되면 으레 바람이 불었다. 내가 저녁 설거지를 하고 있으면 바람결에 날린 꽃잎이 창으로 날아들어 그릇 속에 빠져 젖곤 했다. 4월이 되었다. 나와 어머니는 툇마루에서 뜨개질을 하며 밭갈이 계획에 관한 얘기로 시간을 보냈다. 어머니도 돕고 싶다고 하셨다. 아아, 이렇게 쓰고 보니 언젠가 어머니의 말씀처럼, 한 번 죽어서 다른 우리로 재창조된 듯한 느낌이지만, 그러나 예수님 같은 부활은 인간에게 어차피 불가능한 것이 아닐까. 어머니는 말씀은 그렇게 하셨지만 그래도 여전히 수프를 한 수저 드시고는 나오지 생각에 가냘픈 비명을 지르셨고, 내 과거의 상처도 여전히 그대로였다.

하나도 숨김없이 솔직하게 묘사하고 싶다. 이 산장의 평안은 전부 허위며 허울 좋은 울타리에 불과하다는 생각을 내심 한 적도 있었다. 이것이 우리 모녀를 위해 신께서 베푸신 짧은 휴식 기간이었다 할지라도, 이 평화에는 어떤 불길하고 어두운 그림자가 드리워져 있다는 느낌을 떨칠 수가 없었다. 어머니는 행복한 체하시면서 나날이 수척해져가고, 내 마음속의 살무사는 어머니를 희생시키면서까지 살이 오르는데, 아무리 억눌러도 살이 오르는 것을 어쩔 수 없었다. 정말 이것이 그저 계절 탓이라면 좋으련만, 요즘 들어 이런 생활에 진저리날 때가 있다. 뱀 알을 태우는 따위의 경솔한 행동도 일종의 초조한 마음의 발로였음에 틀림없다. 그저 어머니를 더욱 슬픔에 빠뜨려 쇠약하게 만들 뿐이었다.

'사랑'이라고 적었다가, 다음 말을 잇지 못했다.

2

뱀 알 소동 후, 열흘 정도 지나 잇따라 발생한 불길한 사건으로 인해 어머니의 슬픔은 더욱 깊어졌고, 생명이 위태로워지는 결과를 가져왔다.

내가 불을 낼 뻔했다.

내 생에 그런 끔찍한 일이 있으리라고는 지금까지 꿈에서조차 한 번도 생각한 적이 없었건만.

불조심을 하지 않으면 화재가 발생한다는 극히 당연한 사실에도 생각이 미치지 못할 정도로 내가 소위 그런 '공주님'이었단 말인가.

밤중에 자다가 화장실에 가려고 일어나 현관 칸막이 근처까지 갔는데 욕실 쪽이 환했다. 무심코 들여다보니 바깥으로 통하는 욕실 유리문이 새빨갛고, 호드득호드득거리는 소리가 났다. 종종걸음을 쳐서 달려가 욕실 유리 쪽문을 열고 밖으로 나가 보니, 목욕탕 아궁이 옆에 쌓아 둔 장작더미가 엄청난 불길로 타고 있었다.

마당과 이어진 아래 농가로 달려가 문을 힘껏 두들겼다.

"나카이中井 씨! 일어나세요. 불이 났어요!"

나는 고함을 질렀다.

나카이 씨는 이미 한밤중이었을 텐데 대답을 했다.

"예, 곧 가겠습니다."

애원하며 재촉하고 있는 동안에 나카이 씨가 유카타浴衣 잠옷 바람으로 집에서 달려 나왔다.

둘이서 불난 곳으로 뛰어가 연못의 물을 양동이로 길어다가 끼얹고 있는데, 방 복도 쪽에서 어머니의 비명소리가 들렸다. 나는 양동이를 내던지고 복도로 올라갔다.

"어머니, 괜찮으니 걱정 마세요. 쉬고 계세요."

쓰러지려는 어머니를 그러안듯 붙들고, 이부자리에 눕혀 드린 뒤, 다시 불난 곳으로 달려갔다. 이번에는 목욕탕 물을 퍼서 나카이 씨에게 건네주어 장작더미에 끼얹었지

만, 불길이 거세어 도저히 그 정도로는 불길이 잡힐 것 같
지 않았다.

"불이야, 불. 별장에 불이야."

아래쪽에서 외치는 소리가 들리며 곧 네댓 명의 마을 사
람들이 울타리를 부수고 뛰어들었다. 그리고 울타리 아래
의 용수를 양동이로 퍼서 릴레이 방식으로 날라 2~3분 사
이에 불길을 잡았다. 자칫하였더라면 목욕탕 지붕에 불길
이 번질 뻔했다.

안도의 한숨을 내쉬던 나는 이번 화재의 원인을 깨닫고
섬뜩했다. 해질 무렵, 목욕탕 아궁이에서 타다 남은 장작
을 꺼내어 불을 완전히 껐다고 생각하고 장작더미 곁에 놓
아 두었던 데서 이번 화재 소동이 비롯되었음을 그때서야
비로소 깨달았다. 그 순간 눈물이 나올 것 같아 넋 나간 사
람처럼 서 있는데, 앞집 사는 니시야마西山 씨의 며느리가
울타리 밖에서 목욕탕이 홀랑 타 버렸고, 아궁이 불단속이
허술한 탓이라며 마구 떠들었다.

후지다藤田 촌장님, 니노미야二宮 순경, 자경대장인 오우
치大內 씨 등이 찾아와 주었고, 후지다 씨는 늘 한결같은 상
냥한 미소로 안부를 물으셨다.

"굉장히 놀라셨죠. 어떻게 된 겁니까?"

"제 잘못이에요. 장작에 남았던 불씨를 완전히 없앤 줄 알고 그만……."

말을 잊지 못하고 나 자신의 너무나 참담한 모습에 눈물이 왈칵 쏟아져 고개를 떨구었다. 경찰서로 끌려가 죄인이 될지도 모른다는 생각이 머리를 스쳤다. 맨발에다 잠옷 바람인 흐트러진 내 모습이 갑자기 창피스러워 아주 망가져 버린 듯한 느낌이 들었다.

"알겠습니다. 어머니는?"

후지다 씨가 위로하듯 조용히 물으셨다.

"방에서 쉬시게 했습니다. 어머니께서 너무 놀라셔서……."

"하지만, 어찌되었건 집으로 불이 옮겨 붙지 않아 천만다행입니다."

젊은 니노미야 순경도 위로해 주었다.

마침 그때 나카이 씨가 옷을 갈아입고 오셨다.

"별거 아녜요. 장작이 조금 탔을 뿐입니다. 작은 화재 축에도 들지 않습니다."

가쁜 숨을 몰아쉬며 나의 어리석은 잘못을 감싸 주었다.

"그렇군요. 잘 알겠습니다."

후지다 촌장님은 여러 번 고개를 끄덕인 후, 니노미야

순경과 작은 목소리로 뭔가 의논하더니 이만 돌아가겠으니 어머니께 안부를 전해 달라고 말씀하시고는 자경대장 오우치 씨와 그 밖의 다른 분들과 함께 돌아가셨다.

니노미야 순경만이 돌아가지 않고 남아서 내 앞으로 바짝 다가와서는 숨소리가 들릴 정도로 낮게 말했다.

"그럼, 오늘 밤 일은 보고하지 않겠습니다."

니노미야 순경이 돌아가고 나카이 씨가 긴장된 목소리로 걱정스럽게 물었다.

"니노미야 씨가 무슨 말을 했죠?"

"보고하지 않겠다고 했어요."

내가 대답을 하자, 울타리 쪽은 아직도 남아 있던 마을 분이 나의 말을 들었는지 정말 잘됐다고 하면서 유유히 자리를 뜨셨다.

나카이 씨도 인사를 하고는 돌아갔다. 홀로 남겨진 나는 타다 남은 장작더미 옆에 우두커니 서서 눈물 어린 눈으로 하늘을 올려다보았다. 어느새 밤을 불러들인 새벽이 아침을 낳고 있었다.

목욕탕에서 세수를 하고 발을 씻었다. 어머니 뵙기가 왠지 두려워 좁은 목욕탕에서 머리를 매만지며 꾸물대다가 부엌으로 가서 날이 샐 때까지 공연히 그릇 등을 정리했다.

아침이 되어 살금살금 방으로 가 보니, 어머니는 벌써 옷을 정갈히 갈아입으시고는 응접실 의자에 조용히 앉아 계셨다. 나를 보고 생긋 웃으셨지만 어머니의 안색은 창백하기 그지없었다.

나는 경직된 얼굴로 조용히 어머니 뒤쪽에 가 섰다.

잠시 후 어머니가 입을 여셨다.

"아무것도 아니었던 게야. 장작은 태우라고 있는 것이잖니."

나는 갑자기 기분이 좋아져 웃음이 나왔다. "경우에 합당한 말은 아로새긴 은쟁반의 사과니라."라는 성경의 잠언 말씀을 떠올리고 이런 자상한 어머니를 둔 자신의 행복에 대해 하나님께 깊은 감사를 드렸다. 어젯밤 일은 어젯밤의 일. 더 이상 끙끙거리지 말자고 다짐하며 거실 유리문 너머로 이즈의 아침 바다를 바라보며 한참을 어머니 뒤에 서 있는데, 어느새 어머니의 차분한 호흡과 나의 호흡이 딱 일치하고 말았다.

아침 식사를 가볍게 끝내고 타 버린 장작더미를 정리하려 하는데, 이 마을의 유일한 여관집 안주인인 오사키 씨가 마당 사립문을 통해 종종걸음으로 들어와 눈물을 글썽거리며 말했다.

"대체 어찌된 영문이죠? 저는 이제 막 소식을 들었어요. 세상에나, 도대체 어젯밤은 어떻게 된 거예요?"

"걱정을 끼쳐 드려 죄송해요."

나는 조용히 사과했다.

"죄송이고 뭐고. 그보다 경찰은 뭐라던가요, 아가씨?"

"괜찮대요."

"정말 다행이군요."

진심으로 기뻐해 주었다.

나는 마을 분들에게 감사와 사죄의 표시를 어떻게 해야 할지를 오사키 씨와 의논했다. 오사키 씨는 역시 돈이 좋을 듯하다며 들러 봐야 할 집들을 일러 주셨다.

"하지만 아가씨 혼자 다니시기가 뭐하시면 저도 함께 따라가 드릴게요."

"혼자인 편이 낫겠지요."

"혼자 갈 수 있겠어요? 그렇다면 혼자 가는 것이 낫죠."

"혼자서 갈게요."

그리고 오사키 씨는 장작더미 정리하는 일을 조금 거들어 주었다.

정리를 마친 후, 나는 어머니한테 돈을 받아서 백 엔짜리 지폐를 한 장씩 미농지에 싸서 겉봉에 일일이 '죄송합니다'라고 썼다.

우선 제일 먼저 동사무소로 갔다. 촌장인 후지다 씨는 부재중이라 접수원인 아가씨에게 돈 꾸러미를 내밀었다.

"어젯밤 일은 정말 면목 없습니다. 앞으로 주의하겠습니다. 아무쪼록 용서를 바랍니다. 촌장님께 잘 전해 주세요."

사과를 한 후 자경대장인 오우치 씨 댁으로 갔다. 오우치 씨가 현관에 나와, 나를 보고 말없이 애처로운 듯 미소를 지으셨다. 나는 그 모습을 보고 영문 모를 울음이 솟구쳤다.

"어젯밤의 일로 심려를 끼쳐 드려 죄송합니다."

겨우 말을 잇고는 서둘러 돌아서 나오는데 도중에 얼굴이 눈물범벅이 되는 바람에 일단 집으로 돌아왔다. 세수를 하고 화장을 한 후 다시 나오려고 현관에서 신을 신고 있는데 어머니가 나오셨다.

"또 나가는 거니?"

"네, 이제부터 시작이에요."

나는 고개를 숙인 채 대답했다.

"수고가 많구나."

어머니는 숙연히 말씀하셨다.

어머니의 애정 어린 격려에 힘입어 이번에는 전혀 눈물

을 보이지 않고 임무를 완수할 수 있었다.

동장님 댁에 가니 동장님은 부재중이라 며느님이 나를 맞았는데, 나를 보자 오히려 자기가 눈물을 글썽였고, 또 순경집을 찾았는데 니노미야 순경은 다행이라는 말을 연발하는 등 하나같이 친절하게 대해 주셨다. 그리고 찾아가는 집들마다 역시 모두들 동정과 위로의 말씀을 해 주셨다. 단 앞집에 사는 니시야마 씨의 며느님, 벌써 마흔이 다 된 아주머니이긴 하지만, 그녀한테만은 가차없이 꾸중을 들었다.

"앞으로 조심해 주세요. 황족나리신지 무슨 나리신지 모르겠지만, 나는 전부터 당신네들 소꿉장난 같은 생활 방식을 가슴 졸이며 지켜봐 왔다고요. 애 둘이서 사는 것 같아서 말이죠. 지금까지 불이 나지 않은 게 이상할 정도라니까. 정말 앞으로 조심하세요. 어젯밤도 그렇죠. 이봐요, 그 상태에서 강풍이라도 불었다면 이 마을 전부가 타 버렸을 거예요."

아래 농가의 나카이 씨 같은 분은, 촌장님이나 니노미야 순경 앞으로 달려 나와 불이랄 것도 없다며 감싸 주셨는데, 바로 이 니시야마 댁 며느님은 울타리 밖에 서서 목욕탕이 홀랑 탔다느니, 아궁이 불 단속을 소홀히 했다느니 큰 소리로 떠들던 사람이었다. 하지만 나는 그녀의 잔소리에서도 진심을 느꼈다. 정말 그랬다. 니시야마 댁 며느님을 조금도 원망할 게 없었다. 어머니께서는 '때기 위한 장작'이라는 농담으로 나를 위로해 주셨지만, 그때 바람이 강했다면 니시야마 댁 며느님의 말씀대로 이 마을 전체가 탔을지도 몰랐다. 그랬다면 나는 죽음으로 사죄를 한다 해도 못 다할 것이다. 내가 죽으면 어머니도 살아갈 수 없을 테고, 또한 돌아가신 아버지의 이름을 더럽히게 될 것이다. 이제 황족이니 귀족이니 하는 것들은 다 무용지물이 되었지만, 기왕 망할 거라면 큰맘 먹고 멋있게 망하고 싶다. 불을 내고 그 사죄의 의미로 죽다니, 그런 비참한 죽음은 죽어도 눈을 감지 못할 것이다. 어쨌든 더욱 기운을 차려야만 한다.

나는 다음날부터 밭일에 온힘을 기울였다. 아래 농가의 나카이 씨 따님이 가끔 거들어 주었다. 불이나 내는 따위의 추태를 부리고 나서부터는 내 몸의 피가 약간 검붉어진 듯한 느낌이었다. 그전에는 내 속에 고약한 살무사가 살고 있었고, 이제는 혈색마저 약간 변화되어 마침내 야성적인 시골 처녀가 되어 가는 기분이 들었다. 어머니와 툇마루에서 뜨개질을 해도 왠지 따분하고 답답하다. 오히려 밭에 나가 흙을 파헤치는 것이 마음이 편할 정도였다.

육체노동이랄 수 있는 이렇듯 힘쓰는 일이 처음은 아니다. 나는 전쟁 때 징용되어 달구지까지 끈 적이 있다. 지금 발에 신고 나온 작업화도 그때 군에서 배급받은 것이다. 작업화란 것을 그 당시 그야말로 난생처음 신어 보았는데 놀랄 만큼 신은 느낌이 좋았다. 그것을 신고 마당을 걸어 보니, 새나 짐승이 맨발로 땅바닥을 밟고 있는 가벼움이 이런 느낌이구나 하는 생각이 들어 가슴이 두근거릴 정도로 무척 기뻤다. 전쟁 중에 즐거웠던 기억은 단지 이것뿐이다. 생각하면 전쟁은 부질없는 짓이다.

> 작년에는 아무 일 없었다.
> 재작년에는 아무 일 없었다.
> 그전 해에도 아무 일 없었다.

종전 직후, 어느 신문에 이런 내용의 재미있는 시가 실렸다. 지금 생각해 봐도 정말 갖가지 일들이 있었지만, 결국 아무 일 없었던 것은 아닐까. 나는 전쟁의 추억은 말하고 싶지도, 듣고 싶지도 않다. 많은 사람들이 목숨을 잃었지만 그래도 나는 지겹고 따분했다. 하지만 나는 역시 제멋대로인 걸까. 내가 징용되어 작업화를 신고 달구지를 끌게 되었을 때만은 그다지 진부하지 않았다. 몹시 싫었지만, 바로 그 달구지 덕분에 몸이 완전히 건강해졌고, 지금도 나는 생활이 어려워지면 달구지로 생계를 꾸려 나가겠다는 마음을 먹을 정도다.

전쟁 상황이 점점 절망적으로 치닫고 있을 무렵, 군복 차림의 한 남자가 니시카타마치의 집으로 찾아와 나에게 징용장과 노동일자가 적힌 용지를 건넸다. 노동일자를 보니, 다음날부터 하루 걸러 한 번씩 다치가와立川의 산속까지 일하러 다니라는 내용이었다. 그것을 본 순간 왈칵 눈물이 쏟아졌다.

"다른 사람이 가면 안 될까요?"

나는 흐르는 눈물을 주체할 수 없어 흐느끼고 말았다.

"군에서 당신 앞으로 나온 징용이기 때문에 반드시 본인이어야 한다."

그 남자는 힘주어 대답했다.

나는 가기로 마음을 굳혔다.

다음날은 비가 내렸다. 우리는 다치가와 산기슭에 정렬하여 먼저 장교의 설교를 들었다.

"전쟁에서는 반드시 이긴다. 하지만 여러분이 군 명령에 불복종한다면 작전에 지장을 초래할 것이고 오키나와의 전철을 밟게 될 것이다. 각자에게 주어진 일은 반드시 완수해 주기 바란다. 또한 이 산에도 스파이가 잠입해 있을지 모르니 서로 주의하기 바란다. 여러분도 앞으로는 병사와 마찬가지로 전쟁터에서 일을 하는 것이므로 진중의 상황은 절대로 발설하지 않도록 주의하기 바란다."

산에는 자욱이 내리는 비로 앞을 잘 볼 수 없었고, 남녀 합하여 오백여 명 남짓의 대원이 선 채로 훈시를 듣고 있었다. 대원 중에는 초등학교 남녀 학생들도 섞여 있었는데, 모두 추운 듯 울상을 짓고 있었다. 비가 어찌나 퍼붓는지 비옷을 입고 있었는데도 웃옷이 젖고 결국엔 속옷까지 젖었다.

그날은 종일 삼태기를 메고 나르는 일을 했다. 고된 노역으로 인해 돌아오는 전차 안에서 눈물이 나와 견딜 수가 없었는데, 그 다음에는 달구지 줄을 잡아당기는 작업이었다. 나는 이 일이 가장 재미있었다.

두세 번 산을 오르는 사이, 초등학교 남학생들이 나의 모습을 기분 나쁘게 빤히 쳐다보곤 했다. 어느 날 내가 삼태기를 져 나르고 있는데, 남학생 두셋이 내 옆을 지나가다가 그 중의 한 명이 낮게 말했다.

"저자가 스파이란 말이지."

그 말을 듣고 나는 깜짝 놀랐다.

"왜 저런 말을 하는 거죠?"

나와 나란히 삼태기를 져 나르고 있는 젊은 아가씨에게
물었다.

"외국인 같아 보이니까요."

젊은 아가씨는 진지하게 대답했다.

"아가씨도 나를 스파이라고 생각하세요?"

"아뇨."

이번에는 약간의 미소를 머금고 대답했다.

"난 일본 사람이에요."

내가 말을 하고서도 내 말이 스스로도 터무니없는 난센
스라는 생각이 들어 혼자서 킬킬거렸다.

화창한 어느 날, 나는 아침부터 남자들과 함께 통나무를
나르고 있었다. 그때 감시관인 젊은 장교가 찌푸린 얼굴로
내 쪽을 가리키며 말했다.

"이봐, 당신. 당신은 이쪽으로 와."

장교는 서둘러 소나무 숲 쪽으로 걸어갔다. 불안함과 공
포심으로 가슴을 졸이며 그 뒤를 따라가자, 숲 속에 있는
제재소에서 금방 가져온 나무판이 쌓여 있었다. 장교는 그

앞에 멈춰 서서 내 쪽으로 몸을 홱 돌렸다.

"하루하루 힘드시죠. 오늘은 여기 이 목재를 지키도록 하세요."

장교는 하얀 치아를 드러내며 웃었다.

"여기에 서 있으면 되나요?"

"여긴 시원하고 조용한 곳이니 이 나무판 위에서 낮잠이라도 주무세요. 만약 지루하시면 이거 읽으셨는지 모르지만……."

그는 윗옷 주머니에서 작은 문고본을 꺼내 쑥스러운 듯 나무판 위에 던졌다.

"이런 거라도 괜찮으시면 읽고 계세요."

문고본에는 '트로이카'라고 적혀 있었다.

나는 문고본을 집어 들었다.

"감사합니다. 집에도 책을 좋아하는 사람이 있는데. 지금 남방에 가 있습니다."

"아아, 그래요. 바깥양반 말씀이군요. 남방이라면 힘들겠군요."

나의 말을 오해한 듯, 고개를 끄덕이며 숙연히 말했다.

"아무튼 오늘은 여기서 지키도록 하세요. 당신 점심은 제가 나중에 갖다 드릴 테니 느긋하게 쉬세요."

말을 마치기가 무섭게 서둘러 돌아갔다.

나는 목재에 걸터앉아 책을 읽었다. 절반쯤 읽었을까, 그 장교가 발소리를 내며 다시 왔다.

"도시락을 가지고 왔습니다. 혼자서 심심하시죠."

그는 도시락을 풀밭 위에 놓고는 다시 황급히 돌아갔다.

나는 점심을 먹고 나서 이번에는 목재 위로 기어 올라가, 누워서 책을 읽었다. 다 읽고 나서는 꾸벅꾸벅 졸기 시작했다.

잠이 깬 것은 오후 3시가 지나서였다. 나는 그 장교를 전에 어디선가 본 듯한 느낌이 언뜻 들어 곰곰이 생각해 봤지만 기억나지 않았다. 목재에서 내려와 머리를 매만지고 있는데 다시 구둣발 소리가 났다.

"야, 오늘은 정말 수고하셨습니다. 이제 돌아가셔도 좋습니다."

나는 장교에게 달려가 책을 내밀었다. 감사의 말을 하려고 했지만 목이 메어 말없이 장교의 얼굴을 올려다보았다. 시선이 마주치자, 내 눈에서 눈물이 주르르 흘렀다. 그러자 그 장교의 눈에도 눈물이 반짝였다.

그대로 말없이 헤어졌지만, 그날 이후로 우리 작업장에서는 장교의 모습을 볼 수 없었고, 나는 그날 단 하루만

놀 수 있었을 뿐, 이후로는 역시 하루 걸러 한 번씩 다치가와 산에서 힘든 작업을 했다. 어머니는 줄곧 내 몸을 걱정하셨지만, 오히려 나는 더 건강해져 지금은 달구지 일에도 내심 자신감이 생겼으며 밭일쯤은 거뜬히 해내는 여자가 되었다.

전쟁 이야기는 말하는 것도 듣는 것도 싫다고 하면서도 나의 '소중한 체험담'을 구구절절 꺼내 놓고 말았다. 그렇지만 전쟁의 추억담 중에서 조금이라도 언급하고 싶은 건 대강 이 정도이고 나머지는 언젠가의 그 시처럼, "작년에는 아무 일 없었다. 재작년에는 아무 일 없었다. 그전 해에도 아무 일 없었다."고 말하고 싶을 정도로 시시하였고, 내게 남은 것은 작업화 한 켤레의 허무함이었다.

작업화 이야기를 하다가 얘기가 삼천포로 빠졌지만 나는 그나마 전쟁의 유일한 기념품이라고도 할 만한 작업화를 신고 거의 매일을 밭에 나가 내 안의 불안과 초조함을 달랬다. 그렇지만, 어머니는 하루하루 눈에 띄게 쇠약해졌다.

뱀 알.

화재.

아무래도 그런 사건이 있고 나서 어머니는 부쩍 환자 냄새를 풍기셨다. 나는 반대로 점점 조야하고 천한 여자가 되어 가는 것 같았다. 아무래도 내가 어머니의 생기를 빨아들여 살이 오른다는 느낌에 견딜 수가 없었다.

화재 사건만 해도 어머니는 "어차피 태우기 위한 장작인걸." 하고 농담을 하신 후 더 이상 그것에 대해서도 입도 벙긋 않으시고 도리어 나를 위로하셨지만, 어머니가 내심 받으셨을 충격이 나보다 열 배는 더 컸음에 틀림없다. 화재가 있고 나서 어머니는 가끔 밤중에 끙끙 앓으셨고, 또 바람이 몹시 부는 밤에는, 화장실에 가시는 척하면서 야밤중에 여러 번 이부자리를 빠져나가 집단속을 하시곤 했다. 그리고 늘 안색이 언짢았고 걷기조차 힘겨워 하시는 날도 있었다. 이전에 밭일도 거들고 싶어하셨지만, 한 차례 내가 그만두시라고 말렸는데도 우물에서 커다란 들통으로 물을 대여섯 번 밭으로 길어 나르시고는 다음날 숨도 제대로 쉬지 못할 정도로 어깨가 결리신다고 하루 종일 누워만 계셨다. 그 이후부터는 예상대로 밭일을 단념하신 모양이었다. 가끔 밭에 나오셔도 단지 내가 일하는 모습을 가만히 지켜보고만 계셨다.

"여름 꽃을 좋아하는 사람은 여름에 죽는다고 하는데, 정말 그럴까?"

오늘도 어머니는 밭일하는 내 모습을 보고 계시다가 불

쑥 그런 말씀을 꺼내셨다. 나는 잠자코 가지에 물을 주고 있었다. 그러고 보니 벌써 초여름이다.

"난 자귀나무 꽃을 좋아하는데, 이곳 정원에는 한 그루도 없구나."

어머니는 차분하게 다시 입을 여셨다.

"협죽도가 많이 있잖아요."

나는 일부러 퉁명스럽게 말했다.

"그건 싫어한단다. 여름 꽃은 대부분 좋아하지만 그건 너무 경망스러워서."

"전 장미꽃이 좋은데. 하지만 그 꽃은 사시사철 피니까 장미를 좋아하는 사람은 봄에 죽고, 여름에 죽고, 가을에 죽고, 겨울에 죽고 네 번이나 다시 죽어야 하나요?"

둘은 웃었다.

"조금 쉬었다 하렴."

어머니는 여전히 웃으시며 말씀하셨다.

"오늘은 가즈코와 의논할 게 좀 있단다."

"뭐죠? 죽는 얘기 따윈 딱 질색이에요."

나는 어머니 뒤를 따라가 등나무 시렁 아래에 놓인 벤치에 어머니와 나란히 걸터앉았다. 등나무 꽃은 이미 졌고, 온화한 오후의 햇살이 잎사귀를 통해 우리 무릎 위로 내려

앉아 무릎을 초록색으로 물들였다.

"전부터 말하려고 마음먹고 있었는데 피차 기분이 좋을 때 말하려고 지금까지 기회를 기다렸어. 좋은 얘기가 아니긴 하지만 오늘은 왠지 나도 술술 얘기할 수 있을 것 같아. 그러니 너도 끝까지 참고 들어주렴. 실은 말이다. 나오지가 살아 있단다."

나는 몸이 굳어졌다.

"대엿새 전에 와다 외숙께서 편지를 보내 오셨는데, 전에 외숙 회사에 근무했던 분이 최근 남방에서 귀환해 숙부님께 인사차 들렀다는구나. 이런저런 얘기 끝에 그분이 우연히도 나오지와 같은 부대였고, 나오지는 무사하며 곧 귀환한다는 사실을 알게 되었지. 그런데 말이다, 한 가지 나쁜 일이 있단다. 그분 말로는 나오지가 심각한 아편중독자가 된 모양이야."

"또!"

나는 쓴 걸 먹은 것처럼 상을 찡그렸다. 나오지는 고등학교 시절, 어느 소설가를 흉내내다가 마약중독자가 되었다. 그 때문에 약국에 엄청난 액수의 빚을 지게 되었고, 어머니는 2년에 걸쳐 그 빚을 모두 갚았다.

"그래, 또 시작한 모양이야. 하지만 그 상태로는 귀환도

허락되지 않을 것이므로 반드시 완쾌되어 올 것이라고 그
분이 말씀하신 모양이구나. 외숙이 보내신 편지에 의하면,
나아서 돌아왔다 할지라도 그런 정신 상태로는 당장 취
직시킬 수도 없고, 정상적인 사람도 요즘 같은 혼란한 도
쿄에서 일하다 보면 약간 이상해지는데, 이제 막 중독에
서 벗어난 병자와 다름없는 사람이라면 곧 정신이상을 일
으켜 무슨 일을 저지를지 알 수 없을 거라는구나. 나오지
가 돌아오는 즉시 이즈 산장에 머물도록 하고 아무데도 가
지 않고 당분간 요양을 취하도록 하는 것이 좋겠다고 하셨
단다. 그리고 가즈코야, 외숙께서 한 가지 더 당부하신 게
있단다. 이제 우리 돈이 다 없어지고 말았다는구나. 저금
봉쇄(1946년 2월 17일 금융 긴급 조치 명령에 의해 예금·저금
이 봉쇄되어 일정 범위 내에서만 현금 지불과 봉쇄 지불을 인정
했다-역주)니 재산세니 해서 이제 외숙도 앞으로 우리에게
생활비를 송금하기가 어려워지신 모양이야. 그러니 나오
지가 돌아와 세 사람이 놀고 지낸다면 외숙도 생활비 대느
라 상당한 어려움을 겪게 될 터이니, 빠른 시일 내에 가즈
코의 혼처를 물색하든가 아니면 고용살이 할 집을 찾든가
둘 중 한쪽을 택하라는구나."

　"고용살이라면, 하녀 일?"

"아니란다. 외숙께서 그 고마바驅場에 사는……."

어머니는 어느 황족의 성함을 대셨다.

"그 황족이라면 우리와도 혈연지간이고 하니, 따님의 가정교사를 겸한 고용살이를 한다면 가즈코도 그다지 서운하고 구차한 생각은 들지 않을 것이라고 하셨다."

"다른 일자린 없을까요?"

"다른 일은, 너에게는 도저히 무리라고 하시는구나."

"왜 무리라는 거죠? 네, 왜요?"

어머니는 쓸쓸히 미소만 지으실 뿐, 아무 말씀도 않으셨다.

"그런 말 정말 싫어!"

스스로도 괜한 말을 했다고 생각했지만, 참을 수가 없었다.

"내가 이런 작업화를……. 이런 작업화를……."

나는 그만 눈물이 나와서 얼떨결에 울음을 터뜨렸다. 얼굴을 들고 손등으로 눈물을 훔치면서 마음속으로는 안 된다고 하면서도 의지와는 상관없이 어머니를 향해 잇달아 외치고 말았다.

"언젠가 그러셨잖아요. 가즈코가 있기 때문에, 가즈코 때문에 어머니가 이즈에 가는 거라고 하셨잖아요. 그런 연유로 전 아무데도 가지 않고 어머니 곁에 있으면서, 이렇게 작업화를 신고 어머니께 맛있는 채소를 드시게 하고 싶다는 궁리만 하고 있는데, 나오지가 돌아온다는 소식을 접하신 후 대뜸 저를 귀찮게 여기시고 황족의 하녀로 가라니, 너무하세요, 너무하신다고요.”

스스로도 심한 말을 내뱉었다고 생각하면서도, 마치 말이 살아 있는 별개의 존재인 양, 도저히 통제 불능이었다.

“가난해져서 돈이 떨어지면, 제 옷 팔면 되잖아요. 이 집도 팔아 버리면 되잖아요. 저는 무엇이든지 할 수 있어요, 마을 사무소 여직원이든 무엇이든 할 수 있어요. 사무소에서 절 고용하지 않는다면, 달구지 일이라도 하겠어요. 가난이란 아무것도 아니에요. 어머니만 절 사랑해 주신다면 저는 평생 어머니 곁에 있을 거라는 생각만 하고 있었는데, 어머니는 저보다도 나오지를 더 아끼는군요. 나갈게요. 나간다고요. 어차피 저는 나오지와는 전부터 성격이 맞지 않아서, 세 사람이 함께 살게 되면 서로가 불행해요. 저는 이제까지 오랜 세월 어머니와 단둘이 지내왔으니, 더 이상의 미련은 없어요. 앞으로 나오지가 어머니와 둘이서 오붓하게 살면서 넘치도록 효도하면 되겠죠. 저는 이제 이런 삶이 지긋지긋해졌어요. 집을 나가겠어요. 오늘 당장, 바로 나가겠어요. 전 갈 곳이 있어요."

나는 일어섰다.

"가즈코!"

어머니는 호통을 치시며 이전에 볼 수 없었던 위엄에 찬 얼굴로 벌떡 일어나셔서 나와 마주 섰는데 나보다 키가 약간 커 보였다.

나는 사죄의 말을 하고 싶었지만 도저히 못하고 오히려 엉뚱한 말을 하고 말았다.

"속였어요. 어머닌 절 속였어요. 나오지가 올 때까지 저를 이용하셨어요. 저는 어머니의 하녀였어요. 이젠 별 볼 일 없으니, 이번에는 다른 황족에게로 가라시는군요."

나는 선 채로 엉엉 소리를 내며 하염없이 울었다.

"넌 참 바보구나."

나직한 어머니의 목소리는 분노로 떨렸다.

"그래요, 바보예요. 바보라서 속는 거예요. 바보라서 걸리적거리는 거예요. 사라지는 편이 좋죠? 가난이 어떤 건지, 돈이 뭔지 전 잘 모르겠어요. 저는 어머니의 그 애정만 믿고 살아왔어요."

나는 다시 바보처럼 부질없는 말을 지껄였다.

어머니는 얼굴을 홱 돌리셨다. 울고 계셨다. 나는 용서를 빌며 어머니 품에 안기고 싶었지만 밭일로 더러워진 손이 약간 거슬려 쭈뼛대다가 이내 그런 마음이 사라졌다.

"저만 없으면 되는 거죠? 나가겠습니다. 제게는 갈 곳이 있다고요."

말을 내뱉고는 종종걸음을 쳐 목욕탕으로 달려갔다. 흐느끼면서 세수를 하고는 방으로 갔다. 옷을 갈아입는데 다시 울음이 복받쳐 올라왔다. 한없이 울고 싶은 마음에 이층 방으로 뛰어올라가 침대에 엎어졌다. 담요를 머리까지 뒤집어쓰고 초췌해질 정도로 격하게 우는 사이 정신이 아찔해지면서 차츰차츰 어떤 사람이 몹시 그리워졌다. 보고 싶고 목소리가 듣고 싶어 참을 수 없었다. 마치 두 발 바닥에 뜨거운 뜸질을 받으며 꾹 참고 있는 듯한 묘한 기분에 젖었다.

저녁 무렵 어머니는 이층 방으로 조용히 들어오셨다. 전등을 켜신 후 침대로 다가오셨다.

"가즈코!"

상냥하기 그지없는 어머니의 목소리였다.

"네."

나는 일어나 침대에 앉아 두 손으로 머리카락을 쓸어 올리며, 어머니의 얼굴을 보고 살짝 웃었다.

어머니도 살며시 웃으시며 창가에 놓아둔 소파에 깊숙이 앉으셨다.

"난생처음으로 와다 외숙의 말을 어겼단다. 음, 방금 외숙한테 답장을 썼단다. 내 아이들은 나에게 맡겨 달라고 말이다. 가즈코! 옷을 팔도록 하자. 두 사람 옷을 거침없이 내다 팔아 마음껏 돈을 쓰며 사치스런 생활을 하자꾸나. 나는 더 이상 너에게 밭일 따위를 시키고 싶지 않아. 비싼 채소를 사 먹으면 어떠니. 매일처럼 밭일을 하는 건, 너에게 무리야."

사실은 나도 매일의 밭일이 약간 고되게 여겨지던 참이었다. 조금 전 그토록 미친 듯 울부짖었던 것도 밭일의 피곤함과 슬픔이 뒤엉켜 모든 것이 원망스럽고 지겨웠기 때문이었다.

나는 침대 위에서 고개를 숙인 채 잠자코 있었다.

"가즈코!"

"네."

"갈 곳이 있다고 했는데, 어디를 말하는 거지?"

나는 목덜미까지 빨개졌다.

"호소다細田 씨?"

나는 잠자코 있었다.

어머니는 깊은 한숨을 지으셨다.

"지나간 얘길 해도 되겠니?"

"하세요."

나는 기죽은 소리로 대답했다.

"네가 야마키山木 씨 댁을 나와 니시카타마치의 집으로 돌아왔을 때, 널 책망한 기억은 없다만 그래도 이 말은 했었지. '넌 엄말 배신했어.'라고 한 말 기억나니? 그러자 넌 울음을 터뜨렸지. 엄마도 배신이라는 심한 말을 쓴 게 나빴다고 생각했지만……."

하지만 나는 그때 어머니의 말씀을 듣고 왠지 감사하고 기쁜 나머지 울었었다.

"엄마가 그 당시 배신당했다고 한 것은 네가 야마키 씨 댁을 나와서가 아니었어. 야마키 씨한테서 네가 호소다 씨와 애인 사이였다는 말을 듣고 나서였지. 그 말을 들었을 때에는 정말 안색이 달라지더구나. 그게 그렇잖니. 호소다 씨에겐 버젓이 부인과 아이들이 있는데, 이쪽에서 아무리 흠모한들 아무 소용없잖니, 그리고……."

"애인 사이라니, 그런 심한 말을……. 그건 순전히 야마키 씨의 일방적인 추측에 불과해요."

"그럴까. 설마 너 아직도 그분을 잊지 못하고 있는 건 아니겠지. 갈 곳이란 어디지?”

“호소다 씨는 아녜요.”

“그래? 그럼 어디?”

“어머니, 일전에 제가 골똘히 생각한 건데요, 사람이 동물과 완전히 다른 점이 무엇일까요. 말과 지혜와 사고력, 그리고 사회 질서 같은 것은 그 나름대로 정도의 차이는 있지만, 다른 동물들도 지니고 있잖아요. 신앙도 있을지 몰라요. 사람은 만물의 영장이랍시고 뻐기지만 다른 동물과 조금도 다를 바 없지 않나요? 하지만 어머니, 생각해 보니 딱 한 가지 있더라고요. 모르실 거예요. 다른 동물에게는 절대로 없고 사람만이 가진 것. 그건 바로 비밀이란 거예요. 어때요?”

어머니는 얼굴을 붉히시고 아름답게 웃으셨다.

“아, 가즈코의 그 비밀이 좋을 결실을 맺어 준다면 좋으련만. 엄만 매일 아침 가즈코의 행복을 위해 아버지께 기도한단다.”

내 가슴에 불현듯, 아버지와 나스노那順野를 드라이브하다 중간에 내려 구경한 가을 들판의 풍경이 떠올랐다. 싸리꽃, 패랭이꽃, 용담, 여랑화 같은 가을 풀꽃이 피어 있었다. 개머루 열매는 아직 파랬다.

그러고 나서 아버지와 비와琵琶 호에서 모터보트를 탔었다. 내가 물속으로 뛰어들었는데 수초에 서식하는 잔 물고기가 내 다리에 와 닿았고, 호수 바닥에 내 다리의 그림자가 또렷이 새겨져서 움직이고 있는 그런 모습이 앞뒤 없이 문득 마음에 떠올랐다가 사라졌다.

나는 침대에서 내려와 어머니의 무릎에 매달렸다.

"어머니, 아까는 잘못했어요."

나는 비로소 어머니께 사과했다.

생각해 보면, 그때쯤이 우리 행복의 마지막 남아 있던 불빛이 반짝인 때였다. 그러고 나서 나오지가 남방에서 돌아오면서 진짜 지옥 생활이 시작되었다.

3

도저히 마음놓고 살 수 없는 이런 감정을 불안이라고 하는 걸까? 마치 소나기가 지나간 여름 하늘에 흰 구름이 황급히 잇달아 질주해 나가듯, 고통의 물결이 내 심장을 조였다 풀었다 하고 조여든 맥脈으로 인해 호흡이 옅어지기도 하고, 눈앞이 뿌옇게 흐려지면서 온몸의 힘이 손가락 끝으로 빠져나가는 듯하여 뜨개질을 계속할 수가 없었다.

요즘은 연이어 내리는 우중충한 비로 인해 무얼 해도 나른하기만 하다. 그래서 오늘은 툇마루에 등의자를 갖다 놓고, 올봄에 시작했다가 손을 놓고 있던 스웨터를 다시 뜨고 싶어졌다.

　약간 바랜 듯한 연한 모란색 털실에다 하늘색 실을 섞어서 스웨터를 뜰 작정이었다. 바로 이 연한 붉은 자줏빛 털실은, 지금으로부터 20여 년 전 내가 아직 초등과를 다닐 무렵 어머니가 떠 주셨던 목도리의 털실이다. 그 목도리에는 모자가 달려 있었는데, 그걸 쓰고 거울을 들여다보니 꼬마도깨비 같았다. 게다가 다른 학우들의 목도리와 색깔이 전혀 달라 너무 싫었다. 간사이關西 지방의 거액납세자 자제인 학우가 '멋진 목도리를 했구나.' 하고 진지하게 격찬해 주었지만, 나는 더더욱 창피한 생각에 그 이후로는 목도리를 한 번도 두르지 않고 오랫동안 방치해 두었다. 올봄, 사장품死藏品 재활용이라는 명목으로 목도리의 실을 풀어서 스웨터로 만들 요량으로 뜨개질에 착수해 보았지만, 아무래도 이 흐릿한 색깔이 마음에 들지 않아 다시 던져두었다가, 오늘은 무료하던 중 문득 뜨개질 생각이 나서 실을 꺼내어 느릿느릿 계속 짜 나갔다. 그런데 뜨고 있는 동안에 연한 붉은 자줏빛 털실과 잿빛 하늘이 하나로 융화되어 형언할 수 없을 정도의 부드럽고 은은한 색조를 자아내고 있음을 발견하게 되었다. 나는 몰랐다. 옷은 반드시 하늘빛과의 조화를 고려해야 한다는 중요한 사실을 몰랐던 것이다. 조화란 얼마나 아름답고 멋진가. 나는 새삼 놀랐고 어안이 벙벙했다. 회색빛 하늘과 연한 붉은 자줏빛 털실이 한데 어우러지자, 둘 다 동시에 살아나는 것이 놀라웠다. 손에 쥐고 있는 털실이 갑자기 포근해지고 차가운 잿빛 하늘도 우단처럼 부드럽게 느껴졌다. 순간 모네(Monet : 1840~1926, 프랑스의 대표적인 인상주의 화가-역주)의 작품(베투유의 교회당)에 묘사된 안개 속의 교회당이 떠올랐다. 난 이 털실 색깔로 인해 비로소 예술적인 감각이 무엇인지 알 것 같았다. 탁월한 취향. 어머니는 눈 내리는 겨울 하늘과 연한 붉은 자줏빛이 아름답게 어우러진다는 사실을 충분히 아시고 일부러 골라 주셨건만 바보 같은 나는 싫어했다. 하지만 어린 나에게 강요치 않으시고 내가 하고 싶은 대로 가만히 지켜보신 어머니. 내가 이 빛깔의 아름다움을 진정으로 알 때까지 20년간 이 색에 관해 한 마디의 설명도 없이 묵묵히 모르는 체하고 기다리신 어머니. 정말 좋은 어머니라는 사실을 절실히 느끼는 순간, 이런 좋은 어머니를 나와 나오지 둘이서 괴롭혀 힘들게 하고 병나게 하여 머지않아 돌아가시게 하는 건 아닐까 하는, 돌연 견딜 수 없는 공포와 걱정의 구름이 가슴으로 몰려들어왔다. 아무리 생각해 봐도 앞길에 너무나 무섭고 나쁜 일들만 생길 것 같아 불안해서 견딜 수 없었다. 손가락 끝의 힘도 다 빠져나가 뜨개바늘을 무릎에 놓고 한숨을 크게 내쉬고는 고개를 뒤로 젖혀 눈을 지그시 감았다.

"어머니!"

엉겁결에 내 입에서 이 말이 흘러나왔다.

"으응?"

어머니는 방구석 한쪽 책상에 기대어 책을 읽고 계셨는데 내 소리를 듣고 의아하다는 듯 대답하셨다.

나는 적이 당황하여 일부러 큰 소리로 말했다.

"드디어 장미꽃이 피었어요. 어머니 알고 계셨어요? 저는 이제야 알았어요. 드디어 피었어요."

툇마루 바로 앞에 피어 있는 장미꽃. 그것은 와다 외숙께서 오래전, 프랑스인지 영국인지 잊어버렸지만, 어쨌든 먼 외국에서 가져오신 것으로 두세 달 전 외숙께서 이곳 정원에 옮겨 심은 장미다. 오늘 아침, 한 송이 꽃이 핀 걸 익히 알고 있었지만 어색함을 모면하고자 이제 막 발견한 듯 호들갑을 떤 것이다. 짙은 자줏빛의 꽃은 늠름한 오만함과 강인함을 풍기고 있었다.

"알고 있었단다."

어머니는 조용히 말씀하셨다.

“너에게는 그게 중요한가 보구나.”

“그럴지도 몰라요. 한심해 보이세요?”

“아니, 너에게는 그런 점이 있다고 말했을 뿐이란다. 부엌에서 사용하는 성냥갑에 르느와르의 그림을 붙이거나, 인형의 손수건을 만들거나 하는 그런 일을 좋아하잖니. 게다가 정원에 핀 장미만 해도 그래, 네가 말하는 걸 듣고 있으면 살아 있는 사람 얘길 하는 것 같아.”

“아이가 없어서 그래요.”

스스로도 예상치 못했던 말을 내뱉고 말았다. 움찔해진 나는 겸연쩍어 무릎 위의 편물을 만지작거리고 있는데, ‘스물아홉을 먹었으니 그럴 만도 하지.’라고 말하는 남자의 목소리가 마치 수화기에서 들려오는 것 같은 간지러운 느낌으로 분명히 들린 듯하여 나는 부끄러워 뺨이 화끈화끈 달아올랐다.

어머니는 아무 말씀 않으시고 다시 책을 읽으셨다. 어머니는 얼마 전부터 마스크를 하셨는데 그 탓인지 요즘 현저히 말수가 줄어드셨다. 그 마스크는 나오지의 권유로 하게 되셨다. 나오지는 열흘 전쯤에 남방 섬에서 푸르뎅뎅한 얼굴로 귀환했다.

아무런 기별도 없이, 여름날 저녁 뒷문을 통해 마당에

들어섰다.

"와, 지독하군. 고약하게 지은 집이군. '라이라이헌來來軒, 찐 만두 있습니다.'라고 내다 걸지 그래요."

이것이 나와 처음 대면했을 때 건넨 나오지의 인사말이었다.

나오지가 오기 이삼 일 전부터 어머니는 혀가 아파서 누워 계셨다. 보기에는 멀쩡한데, 혀를 놀리면 혀끝이 너무 아파서 식사도 제대로 못 하시고 죽만 드셨다. 진료를 받자고 권유해도 병 축에도 들지 않아 망신만 당할 거라고 거절하시며 쓴웃음을 지으셨다. 루골(Lugol : 루골액의 준말. 루골은 프랑스 의사의 이름. 살균제로서 피부병, 인두염 등에 바르는 적갈색의 액체)을 발라 드렸는데도 조금도 차도를 보이지 않아 어찌할 바를 모르고 있었다.

그러던 참에 나오지가 돌아온 것이다.

나오지는 어머니의 머리맡에 앉아 인사를 하고는 곧바로 일어나 좁은 집 안을 여기저기 둘러보았다. 내가 그 뒤를 따라가서 말을 건넸다.

"어때, 어머니 변하신 것 같아?"

"변하셨어, 변하셨어. 초췌해지셨어. 얼른 돌아가시는 게 낫지. 이런 세상에서 어머니 같은 분은 도저히 못 살아.

너무나 비참해서 못 봐 주겠어."

"난 어때?"

"천해졌어. 사내가 두셋은 있어 보여 싫어. 술 있어? 오늘 밤은 마실 거야."

나는 마을의 유일한 여관에 가서 안주인인 오사키 씨에게 귀환한 동생에게 줄 술을 조금 나눠 줄 것을 부탁했다. 하지만 공교롭게도 술이 이미 바닥난 상태라 그냥 집으로 돌아와 나오지에게 그대로 전했다. 그러자 나오지는 생면부지의 남 같은 표정으로 마땅찮아 하더니 말재주가 없어서 그렇다며, 나에게 여관집 위치를 묻더니 나막신을 신고 밖으로 뛰쳐나간 뒤로 함흥차사였다. 아무리 기다려도 돌아오지 않았다. 나는 나오지가 좋아하는 사과 구이와 계란 요리 등을 차려 놓고, 식당의 전구도 밝은 것으로 바꿔 놓고 한참을 기다리고 있었다.

"저어, 괜찮을까요? 소주를 드시고 계신데."

오사키 아주머니가 부엌문으로 얼굴을 불쑥 내밀고선 평소의 잉어 눈처럼 동그란 눈을 한층 부릅뜨고는 상당히 중요한 일이라는 듯 낮게 말했다.

"소주라면 메틸알콜(목재를 건류할 때 생기는 목초산에서 얻는 무색 투명의 유독 액체. 전후 술 대용으로 마시다가 독성 때문에 사망·실명하는 사람이 많았음) 말인가요?"

"아뇨, 메틸은 아닙니다만."

"마셔도 무슨 탈은 없겠죠."

"예에, 그렇지만."

"그럼 마시게 놔두세요."

오사키 씨는 침을 삼키는 것처럼 고개를 끄덕이고 돌아갔다.

나는 어머니께 갔다.

"오사키 씨 여관에서 술을 마시고 있다는군요."

이렇게 말씀을 드리자 어머니는 약간 입을 일그러뜨리고 웃으셨다.

"그래. 아편은 끊었을까? 넌 식사를 끝내거라. 그리고 오늘 밤은 이 방에서 셋이서 자도록 하자. 나오지의 이불을 한가운데 펴거라."

나는 울고 싶은 심정이었다.

밤이 깊어서 나오지는 요란한 발소리를 내며 돌아왔다.

우리 셋은 모기장 하나로 잠을 잤다.

"어머니께 남방 얘길 좀 해 드리지 그러니?"

내가 잠을 청하면서 말했다.

"아무것도 없어. 아무것도 없어. 잊어버렸어. 일본에 도착해 기차를 탔는데 차창 너머로 보이는 논이 멋있고 아름다웠어. 그것뿐이야. 불 좀 꺼. 잠을 잘 수가 없잖아.”

나는 불을 껐다. 여름밤의 달빛이 모기장 안을 환하게 비추고 있었다.

다음날 아침, 나오지는 이부자리에 엎드린 채 담배를 피우며 저 멀리 바다를 바라보고 있었다.

“혀가 아프시다고요?”

나오지는 그제야 어머니가 편찮으신 걸 알게 된 사람처럼 말했다.

어머니는 그저 힘없이 웃으셨다.

“그건 틀림없이 심리적인 거예요. 밤에 주무실 때 입을 벌리고 주무시죠? 보기 흉해요. 마스크를 하세요. 가제에 리바놀액을 묻혀서 마스크 속에 넣어 두면 좋아요.”

나는 그 말을 듣고 웃음을 터뜨렸다.

“그건 무슨 요법이니?”

“미학요법이라고 하지.”

“그런데 어머니는 틀림없이 마스크를 싫어하실걸.”

어머니는 마스크뿐만 아니라 안대, 안경 등 얼굴에 걸치는 것을 아주 싫어하셨다.

“저어, 어머니 마스크 하시겠어요?”

내가 여쭤 보았다.

"할 거야."

어머니는 진지하게 작은 소리로 대답하셨다. 어머니의 대답에 나는 깜짝 놀랐다. 나오지의 말이라면 뭐든 믿고 따를 작정이신가 보다.

난 아침식사 후, 나오지의 말대로 가제에 리바놀액을 묻혀 만든 마스크를 어머니께 갖다 드렸다. 어머니는 말없이 받아들고 누우신 채 스스럼없이 마스크 끈을 양쪽 귀에 순순히 거시는데, 실로 어린 소녀 같은 그 모습에 나는 괜히 서글펐다.

오후에 나오지는 도쿄의 친구들이며 문학 하시는 선생님을 만나야 한다며 양복으로 갈아입고 어머니에게 2천 엔을 얻어 도쿄로 떠났다. 그 이후로 벌써 열흘이 지났건만, 나오지는 돌아오지 않았다. 어머니는 매일같이 마스크를 하시고 나오지를 기다리셨다.

"리바놀액이 정말 효능이 있나 봐. 이 가제 마스크를 하고 있으니 혀가 아프지 않네."

어머니는 웃으며 말씀하셨지만 나는 어머니가 거짓말을 하고 계신 듯하여 안쓰러워 견딜 수가 없었다. 이제 괜찮다고 하시며 자리에서 일어나 앉았지만, 식욕은 여전히 없으신 기색이고 말수도 부쩍 줄어들어 이만저만 신경이 쓰이는 게 아니었다. 나오지는 대체 도쿄에서 무얼 하고 있는지. 소설가 우에하라上原 씨 같은 사람들과 도쿄 시내를 활보하며 그 광란의 소용돌이에 휩싸여 있음이 분명하다는 생각을 하면 할수록 괴롭고 힘들게 느껴졌다. 얼떨결에 어머니에게 황당한 장미 얘기를 하고, 아이가 없기 때문이라는 자신도 예상치 못한 엉뚱한 말을 내뱉어 점점 난처해졌다.

"아!"

몸 둘 바를 몰라 한숨을 내쉬며 자리에서 일어났지만, 어디로 가야 할지 안절부절못했다. 내 몸 하나 가누지 못해 휘청거리며 계단을 올라가 이층 방으로 들어갔다.

이곳은 나오지가 쓸 방인데, 네댓새 전 어머니와 의논한 끝에 아래 농가의 나카이 씨에게 부탁하여 만든 나오지의 옷장과 책상, 책장 그리고 장서와 공책 등이 가득한 나무 상자 대여섯 개, 아무튼 전에 니시카타마치의 집에 살 때 나오지 방에서 옮겨온 물건들로 가득했다. 나오지가 돌아오는 즉시 배치하고 싶은 곳에 옷장과 책장을 놓기로 하고, 그때까지는 이대로 아무렇게나 놓아두는 편이 나을 것 같아 그냥 두었는데, 이제는 발 디딜 틈이 없을 정도로 방이 온통 너저분하다. 나는 무심코 발치에 놓인 나무상자에서 나오지의 공책을 한 권 꺼내 들었다. 공책의 표지에는 '박꽃 일기'라는 제목이 쓰여 있었다. 공책 속에는 다음과 같은 내용이 빼곡하게 휘갈겨져 있었다. 나오지가 마약중독으로 고통스러워하던 시절의 수기 같았다.

불에 타 죽는 심정. 괴로워도 괴롭다고 일언반구 외칠 수 없고, 자고이래 없었던, 세상이 시작된 이후 전례도 없는, 끝없이 추락하는 지옥의 기운을 속이지 마시라.

사상, 거짓이다. 주의主義, 거짓이다. 이상, 거짓이다. 질서, 거짓이다. 성실·진리·순수, 모두 거짓이다. 우시지마牛島의 등나무 나이는 천千 살. 유야熊野의 등나무 나이는 수백 년이라 하고, 그 꽃술만 해도 우시지마의 등나무가 최장 아홉 척尺, 유야의 것이 다섯 척 남짓 된다고 하니, 그 꽃술만으로도 감탄이 절로 나온다.

저것도 사람의 아들. 살아 있다.

논리는 결국 논리에 대한 애착이다. 살아 있는 사람에 대한 사랑이 아니다.

돈과 여자 앞에서 논리는 부끄러워 총총히 사라진다.

소위 역사, 철학, 교육, 종교, 법률, 정치, 사회와 같은 학문보다 한 처녀의 미소가 숭고하다고 말한 파우스트 박사(16세기 독일의 전설 속의 인물. 괴테의 2부작 『파우스트』가 있음-역주)의 용감한 실증.

학문이란 허영의 다른 이름이다. 사람이 사람이기를 거부하는 노력이다.

괴테에게도 맹세코 말할 수 있다. 나는 얼마든지 훌륭하게 쓸 수 있습니다. 한 편의 완벽한 구성으로 적절한 유머, 독자의 눈시울을 뜨겁게 달굴 비애, 혹은 숙연함, 이른바 옷깃을 여미게 하는 완벽한 소설. 낭독이라도 한다면 이건 영락없는 무성영화의 해설이 아닌가, 창피해서 쓸 수 있냐 말이다. 애당초 그런 걸작 의식이 글러먹었다는 거야. 소설을 읽고 옷깃을 여민다니 미친 수작이다. 그렇다면 아예 정장으로 쫙 빼입어야 하겠군. 좋은 작품일수록 주제넘지 않는 법이지. 나는 진심으로 기뻐하는 친구의 모습을 보고 싶다는 일념에서 한 편의 소설을 일부러 지독하게 망쳐 놓고는 엉덩방아를 찧고 머리를 긁적이며 달아난다. 아아, 그때 기뻐하는 친구의 표정이란!

글재주도 미흡하고 덜 떨어진 모양새, 장난감 나팔을 불어 알려 드립니다. 여기 일본 제일의 바보가 있습니다. 당신은 아직 괜찮은 편입니다. 건재하시길! 하고 기원하는 마음은 도대체 뭐란 말인가.

친구, 의기양양한 얼굴을 해 가지고서, 그게 녀석의 나쁜 버릇이다. 정말 애석한 노릇이다. 사랑받고 있다는 사실을 모른다.

불량스럽지 않은 사람이 있을까?

이 무료함.

돈이 필요하다.

그렇지 않으면

잠든 채 죽고 싶다.

약국에 천 엔 상당의 빚이 있다. 오늘 전당포 주인을 몰래 집으로 데려와 내 방을 보여 주면서 돈이 급히 필요하니, 이 방에 돈 될 만한 물건이라도 있으면 가져가라고 했다. 그런데 주인은 제대로 방 안을 둘러보지도 않고, 당신 물건도 아니면서 그만두라고 입을 놀려댔다. 그렇다면 지금까지 내 용돈으로 산 물건만 가져가라고 당당하게 말했지만, 그러모은 잡동사니라 전당포에 잡힐 물건이 하나도 없다. 우선 외팔의 석고상. 이것은 비너스의 오른손. 달리아 꽃을 닮은 외팔, 새하얀 외팔, 달랑 받침대 위에 놓여 있다. 그러나 유심히 보면, 알몸을 남자에게 들킨 비너스가 놀라움과 수치심에 휩싸여 무참해진 알몸 전체가 연분홍으로 물들고, 화끈화끈 달아올라 몸을 비틀다가 바로 이 손놀림이 되었다. 그런 비너스의 숨 막힐 정도의 알몸에 대한 수치심이, 손끝에 지문도 없고 손바닥에 한 줄의 손금도 없는 순백의 이 가냘픈 오른손을 보면, 보는 이의 마음이 괴로울 정도로 애처롭게 새겨져 있음을 알게 될 것이다. 하지만 이건 소위 쓸모없는 잡동사니다. 전당포 주인은 오십 전으로 값을 매겼다.

그 밖의 파리 근교의 대지도, 지름이 한 자나 되는 셀룰로이드 팽이, 실보다 가는 글씨를 쓸 수 있는 특제 펜촉, 모두 뜻밖에 싸게 산 진귀한 물품들인데 주인은 웃고는 그만 가겠다고 한다. 나는 가려는 주인을 제지하며 결국 다시 책을 산더미로 주인에게 짊어지워 오 엔을 받았다. 책꽂이에 꽂혀 있던 책들은 대부분 싸구려 문고본인 데다 그것도 헌책방에서 구입한 책들이어서, 전당포 값도 자연히 이처럼 저렴할 수밖에 없다.

천 엔 빚을 갚아야 하는데, 겨우 오 엔이라. 세상 속에서 나의 실력은 고작 이 정도다. 웃어넘길 일이 아니다.

데카당? 하지만 이렇게라도 하지 않으면 살아갈 수가 없지 않나. 그런 말을 하며 나를 비난하는 사람보다는 죽음을 택하라고 하는 사람이 더 고맙다. 깔끔하지 않은가. 하지만 사람은 좀처럼 '죽어'라는 말을 못하는 법이다. 인색하고 신중한 위선자들이여!

정의? 소위 계급투쟁의 본질은 그런 것에 있지 않다. 인간의 도리? 웃기고 있네. 난 알고 있지. 자신의 행복을 위해 상대방을 넘어뜨려야 한다. 죽여야 한다. 사망 선고가 아니면 뭐란 말인가. 허튼 수작 부리지 마라.

그러나 우리 계급에도 변변한 자가 없다. 백치, 유령, 수전노, 광견, 허풍쟁이, 느끼한 놈, 궁전에서 소변.

'죽어'라는 말조차 아깝다.

전쟁. 일본의 전쟁은 자포자기다.

자포자기에 휘말려 죽는 건 싫다. 차라리 혼자 죽고 싶다. 사람은 거짓말을 할 때 으레 진지한 얼굴을 한다. 요즘 지도자들의 그 진지함이란.

겸손한 사람들과 사귀고 싶다.

하지만 그런 좋은 사람들은 나를 상대해 주지 않는다. 내가 조숙한 척하면 사람들은 내가 조숙하다고 한다. 내가 게으른 척하면 사람들은 나를 게으름뱅이라고 한다. 내가 소설을 못 쓰는 척하면 사람들은 내 글 솜씨가 형편없다고 한

다. 내가 거짓말을 하는 척하면 사람들은 나를 거짓말쟁이라고 한다. 내가 부자인 척하면 사람들은 나를 부자라고 한다. 내가 냉담한 척하면 사람들은 나를 냉정한 놈이라고 한다. 하지만 내가 정말 힘들어서 무의식중에 신음할 때, 사람들은 내가 괴로운 척한다고 말한다.

자꾸만 어긋난다.

결국 자살하는 수밖에 달리 뾰족한 수가 없지 않나.

이토록 괴로워도 그저 자살로 끝날 뿐이라는 생각에 목 놓아 울고 말았다.

봄날 아침, 두세 송이의 꽃망울을 터뜨린 매화가지에 아침 햇살이 비추고, 그 가지에는 하이델베르크의 젊은 학생이 목을 매고 축 늘어져 죽어 있었다고 한다.

"어머니 절 꾸짖어 주세요!"

"어떻게 말이니?"

"'이 겁쟁이야!'라고요."

"그래? 이 겁쟁이. ……이제 됐지?"

어머니에겐 남다른 장점이 있다. 어머니를 생각하면 눈물이 나오려고 한다. 어머니께 사죄하기 위해서라도 죽어야 한다.

용서해 주세요. 한 번만 용서해 주세요.
해마다
눈 먼 채로
새끼 학
잘도 자란다.
아아! 살만 찌는구나. (설날 지음)

모르핀, 아트로몰, 나르코폰, 판토폰, 파비날, 판오핀, 아
트로핀.

도대체 자존심이란 무엇인가?
사람은 아니, 남자는 '난 훌륭해', '내겐 괜찮은 구석이 있
다'는 따위의 생각을 하지 않고는 살아갈 수 없는 존재인가.
사람을 싫어하고, 사람에게 미움받고.
지혜 겨루기.

엄숙=어리석음

아무튼 말이지, 살아 있기에 속임수를 쓰는 게 틀림없어.

어느 빚 청구 편지
'답장을
답장을 주세요.
그리고 그것이 꼭 좋은 소식이기를.'
나는 앞으로 닥칠 온갖 굴욕을 생각하며 혼자서 앓고 있습니다.
연극하는 게 아닙니다. 절대로.
부탁드립니다.
저는 수치심에 죽을 것 같습니다.
과장이 아닙니다.
매일매일 답장을 기다리며, 밤낮 부들부들 떨고 있습니다.
저를 내팽개치지 마세요.
벽에서 들리는 킥킥거리는 웃음소리 때문에 밤새 잠자리에서 뒤척이고 있습니다.
부끄러운 꼴을 당하지 않도록 해 줘요.
누나!

나는 거기까지 읽고 '박꽃일기'를 덮어 나무상자에 다시 넣어 두었다. 그리고 창가로 가서 창문을 활짝 열어젖혔다. 안개비로 자욱한 정원을 내려다보며 그 무렵을 회상해 보았다.

벌써 6년이 흘렀다. 나오지의 마약중독이 내 이혼의 원인이 되었다. 아니, 그렇다고는 할 수 없다. 나의 이혼은 나오지의 일이 아니더라도 다른 계기로 언젠가 벌어지도록, 그렇게 내가 태어날 때부터 정해져 있었던 일처럼 느껴진다. 나오지는 약국에 갚아야 하는 돈 때문에 걸핏하면 내게 돈 사정을 했다. 야마키와 결혼한 지 얼마 되지 않아 돈을 내 맘대로 쓸 형편이 못 되었고 또한 시댁 돈을 친정 동생에게 몰래 융통해 주는 것이 거북해서, 친정에서 내 시중을 들기 위해 따라온 오세키 할멈과 의논한 끝에 내 팔찌며 목걸이, 드레스를 팔았다. 동생은 내게 돈 달라는 편지에 이렇게 덧붙이곤 했다.

괴롭고 부끄러워서 누님과 대면할 수 없고 전화 통화조차 도저히 할 수 없으니, 돈은 오세키 할멈을 시켜서 교바시京橋 ×동 ×번지 가야노 아파트에 살고 있는 누님도 이름만은 익히 들어 알고 있는 소설가 우에하라 지로上原二郎 씨 댁에 맡기게 하십시오. 우에하라 씨가 형편없는 사람으로 세상에 평판이 나 있지만, 결코 그런 사람이 아니니 안심하고 돈을 그분께 맡겨 주십시오. 그러면 우에하라 씨가 바로 나에게 전화로 알려 주도록 되어 있으니까. 반드시 그렇게 해 주십시오. 저는 이번 중독을 어머니께만은 숨기고 싶습니다. 어머니가 모르는 동안 어떻게 해서든 이 중독을 고칠 작정입니다. 이번에 누나한테서 돈을 받으면 약국의 빚을 모두 갚고 난 후, 시오하라鹽原에 있는 별장에라도 가서 지내다가 건강한 모습으로 돌아올 작정입니다. 정말입니다. 약국의 빚을 전부 갚으면 그날부터 마약은 완전히 끊을 작정입니다. 신神께 맹세합니다. 믿어 주십시오. 어머니께는 비밀로 해 주시길. 오세키 할멈을 시켜 가야노 아파트의 우에하라 씨에게 부탁드립니다.

이 같은 나오지의 편지를 읽고, 나는 그대로 오세키 할멈을 시켜 돈을 몰래 우에하라 씨에게 갖다 주도록 했다. 그러나 동생이 편지로 맹세한 내용은 항상 거짓이었고, 시오하라의 별장에도 가지 않고 약물중독은 갈수록 심해질 뿐이었다. 돈을 조르는 편지 문장도 비명에 가까운 절규로 이번에야말로 약을 끊겠다고, 외면하고 싶을 정도로 애절하게 맹세를 하는 터에, 속는다고 생각하면서도 그만 또 브로치 등을 오세키 할멈에게 팔게 해서 그 돈을 우에하라 씨의 아파트에 전달케 했다.

"우에하라 씨는 어떤 분이죠?"

"왜소하고 안색이 좋지 않은 무뚝뚝한 사람이에요."

오세키 할멈은 대답했다.

"하지만 아파트에는 좀체 계시지 않고 대개 부인과 예 닐곱 살 먹은 따님이 계실 뿐이었습니다. 그 부인은 그리 미인은 아니었지만 상냥하고 인품이 출중한 분 같았습니 다. 그분이라면 안심하고 돈을 맡길 수 있습니다."

그 무렵 나는 지금의 나와는 비교도 안 될 만큼 전혀 다 른 사람이었다. 멍청하고 무사태평이었지만 그러던 나도 자꾸만 계속, 게다가 돈의 액수도 커져 걱정이 되어 견딜 수가 없었다. 하루는 연극을 보고 돌아오는 길에 자동차를 긴자銀座에서 먼저 돌려보낸 후 혼자 걸어서 가야노 아파트 를 찾아갔다.

우에하라 씨는 방에서 혼자 신문을 읽고 있었다. 줄무늬 겹옷에 감색 겉저고리를 입고 있어 나이가 든 것 같기도 하고 젊어 뵈기도 하여 여태 본 적 없는 짐승 같은 묘한 첫 인상을 받았다.

"처妻는 아이와 함께 배급을 받으러 나가고 없습니다."

약간 콧소리로 띄엄띄엄 말을 했다. 나를 부인의 친구로 오해한 모양이었다. 나오지의 누나라고 소개하자 우에하라 씨는 코웃음을 쳤다. 나는 왠지 오싹했다.

"나갈까요."

그는 말을 끝내기 무섭게 외투를 걸치고 신발장에서 새 게다를 꺼내 신고는 냉큼 아파트 복도를 앞장서서 걸어갔다.

밖은 초겨울 저녁. 바람이 차가웠다. 스미다隅田 강에서 불어오는 강바람 같은 느낌이었다. 우에하라 씨는 그 강바람을 거스르며 나아가는 듯이 오른쪽 어깨를 약간 세우고 토담 쪽으로 묵묵히 걸어갔다. 나는 총총걸음으로 그 뒤를 따랐다.

도쿄 극장 뒤에 위치한 빌딩 지하로 들어가자 네다섯 무리의 손님이 길다란 실내에서 제각기 탁자에 둘러앉아 술을 마시고 있었다.

우에하라 씨는 잔으로 술을 마셨다. 그리고 나에게도 잔을 갖다 주며 술을 권했다. 나는 그 잔으로 두 잔을 마셨는데 아무렇지도 않았다.

우에하라 씨는 줄곧 술을 마시고 담배만 피울 뿐 내내

입을 다물고 있었다. 나도 그냥 있었다. 난생처음 이런 곳에 와 봤지만, 너무나 편안하고 기분이 좋았다.

"술이라도 마시면 좋으련만."

"네?"

"아니, 동생분 말입니다. 알코올로 바꾸면 괜찮을 겁니다. 나도 예전에 마약중독이었던 적이 있었죠. 그건 사람들이 꺼리죠. 알코올도 별반 다를 바 없지만, 사람들이 의외로 봐주는 편이죠. 동생분을 술꾼으로 만들어 버립시다. 어때요?"

"전에 한번 술꾼을 본 적이 있어요. 신년에 외출하려고 차에 오르려 하는데, 집의 운전기사 친구가 자동차 조수석에서 도깨비처럼 새빨간 얼굴을 하고 코를 드르렁거리며 자고 있었어요. 제가 놀라서 소리를 지르자, 운전기사가 이 작잔 한심한 술꾼이라고 말하며 자동차에서 끌어내려 어깨에 메고 어디론가 데리고 갔어요. 연체동물처럼 흐물흐물, 그 와중에도 뭐라고 중얼거리기도 하고. 저 그때 처음으로 술꾼을 보았는데 재밌던걸요."

"나 또한 술꾼입니다."

"어머, 설마 농담이시죠?"

"당신도 술꾼입니다."

“그렇지 않아요.”

“전, 술꾼을 본 적이 있는걸요. 전혀 아니에요.”

우에하라 씨는 그제야 유쾌한 듯 웃었다.

“그러면 동생분도 술꾼이 되기 어려울지 모르지만, 어쨌든 술 마시는 편이 나아요. 돌아갑시다. 늦으면 곤란하시죠?”

“아뇨, 상관없습니다.”

“아니, 실은 내가 영 불편해서 안 되겠소. 아가씨! 여기 계산!”

“술값이 비싼가요? 저도 조금은 지니고 있습니다.”

“그래요. 그러면 계산은 당신께서.”

“모자랄지도 모르겠어요.”

나는 지갑 속을 뒤져 보고 돈이 얼마 있는지를 우에하라 씨에게 말했다.

“그 정도 있으면 두세 집은 더 돌며 마실 수 있겠군. 바보 같군.”

우에하라 씨는 인상을 찡그리며 웃었다.

“어딜 또 가시게요?”

내가 물었다.

“아니, 그만 됐소. 택시 잡아 줄 테니 돌아가시오.”

그는 진지하게 고개를 저으며 말했다.

우리는 지하실의 어두운 계단을 올라갔다. 한 발 앞서 올라가던 우에하라 씨가 계단 중간쯤에서 홱 몸을 이쪽으로 돌려 재빠르게 나에게 키스를 했다. 나는 입술을 굳게 다문 채 키스를 받았다.

우에하라 씨에게 특별히 좋아하는 감정은 없었지만, 그 순간부터 나에게 바로 그 '비밀'이 생기고 말았다. 우에하라 씨는 후다닥 계단을 달려 올라가고, 나는 이상하리만큼 투명해진 기분으로 천천히 올라갔다. 밖으로 나오자 뺨을 스치는 강바람이 너무나 기분이 좋았다.

우에하라 씨가 택시를 잡아 주었고 우리는 말없이 헤어졌다.

흔들리는 차 안에 있으니 세상이 갑자기 바다처럼 넓어진 것 같았다.

"제겐 애인이 있어요."

어느 날, 나는 남편의 잔소리에 서운해서 무심코 그런 말을 내뱉고 말았다.

"알고 있소. 호소다란 자지? 도저히 단념할 수 없단 말이오?"

나는 잠자코 있었다.

심사가 뒤틀릴 때마다 우리 부부 사이에 그 문제가 제기되었다. 나는 이미 틀렸다고 생각했다. 드레스 감을 잘못 재단했을 때처럼, 더 이상 그 옷감은 꿰맬 수도 없으니 내버린 후 다시 새 옷감으로 마름질을 시작해야 한다.

"설마, 그 뱃속에 든 아이는?"

어느 날 밤 남편에게 그 말을 들었을 때는, 너무나 무서워 부들부들 떨었다. 지금 생각해 보면 나도 남편도 어렸다. 나는 연애 한 번 해 본 적이 없었다. 사랑조차 알지 못했다. 나는 호소다 씨의 그림에 푹 빠져 저런 분의 부인이 된다면 정말 눈부신 나날을 영위할 수 있고, 저토록 고상한 취미를 가진 분과 결혼하지 않는다면 결혼 생활이 정말 무의미할 거라는 말을 아무에게나 떠벌리고 다녔기에, 그로 인해 모두에게서 오해를 샀다. 하지만 나는 연애도 사랑도 모르고 예사로 호소다 씨를 좋아한다는 말을 하고 다녔고, 취소하려고도 하지 않아 일이 이상하게 꼬였다. 그바람에, 그 무렵 내 뱃속에 있던 아기까지 남편에게 의심의 표적이 되었다. 누구 하나 이혼을 노골적으로 꺼낸 이가 없었는데, 어느새 주위가 서먹해져 나는 시중들던 할멈과 함께 친정어머니께 돌아왔다. 그러고 나서 아기가 사산됐고 나는 병으로 드러누웠다. 야마키와의 관계도 그것으로 끝이었다.

나오지는 나의 이혼에 일말의 책임감을 느꼈는지 죽겠다고 얼굴이 삭을 정도로 엉엉 소리를 내어 울었다. 나는 나오지에게 약국의 빚이 얼마인지를 물어보았는데, 그야말로 거액이었다. 게다가 동생이 실제 액수를 말하지 않고 거짓말한 것이 나중에 들통났다. 나중에 밝혀진 실제 총액은 거짓말한 액수의 세 배가량이나 되었다.

"나, 우에하라 씰 만났어. 좋은 분이더구나. 우에하라 씨와 함께 술을 마시며 즐기는 건 어떠니? 술은 정말 싸던걸. 술값 정도는 내가 언제든지 줄 수 있어. 약국 빚도 걱정 마. 어떻게든 될 테니."

내가 우에하라 씨를 만났고 좋은 분이라는 나의 말에 동생은 상당히 기뻤던 모양인지, 그날 밤 내가 준 용돈을 가지고 서둘러 우에하라 씨에게 놀러 갔다.

중독은 그야말로 정신병인지도 모른다. 내가 우에하라 씨를 칭찬하고, 동생에게서 우에하라 씨의 저서를 빌려 읽고는 대단한 분이라는 둥 그런 말을 하면 동생은 누나가 뭘 알고 그러냐고 핀잔을 했지만, 그러면서도 사뭇 기뻐하며 우에하라 씨의 다른 책도 권해 주었다. 그 사이에 나도 우에하라 씨의 소설을 본격적으로 읽게 되었고, 둘이서 이런저런 우에하라 씨에 관한 얘기를 나눴다. 동생은 매일 밤 으스대며 우에하라 씨에게 놀러 갔다. 점점 우에하라 씨의 계획대로 알코올 쪽으로 옮겨 가는 듯했다. 약국의 빚에 대해 어머니께 넌지시 의논을 드렸는데, 어머니는 한 손으로 얼굴을 가리고 잠시 가만히 계시더니 마침내 얼굴을 들어 쓸쓸히 웃으시며, 생각해도 뾰족한 수가 없으니 몇 년이 걸릴지 모르지만 매월 조금씩이라도 갚자고 말씀하셨다.

그로부터 벌써 6년이 흘렀다.

박꽃. 동생도 심히 괴로울 것이다. 길이 막혀 무엇을 어떻게 해야 할지 아직도 막막할 것이다. 그저 하루하루를 죽기를 각오하고 술을 마시는 것일 게다.

차라리 과감하게 불량아의 길로 들어선다면 어떨까. 오히려 나오지의 마음이 편해지지 않을까.

'불량스럽지 않은 사람이 어디 있을까.'라고 나오지의 공책에 적혀 있었던가. 그러고 보니 나도 불량, 외숙도 불량, 어머니마저도 불량스럽게 느껴진다. 불량이란 상냥함을 말하는 게 아닐까?

4

편지를 써야 할지 말아야 할지 무척 망설였습니다. 그러다 오늘 아침 '뱀같이 지혜롭고 비둘기같이 순결하라.'는 예수님의 말씀을 떠올리고는 신기하게도 힘이 나서 편지를 드리기로 마음먹었습니다. 나오지 누나입니다. 잊으셨는지 모르겠군요. 잊으셨다면 기억을 떠올려 보세요.

나오지가 일전에, 또 댁으로 찾아가 상당히 폐를 끼친 것 같아 송구합니다(나오지 일은 나오지가 알아서 해야 하는데, 제가 나서서 사죄를 드린다는 게 좀 난센스라는 생각이 드는군요). 오늘은 나오지가 아닌 저의 일로 부탁드릴 게 있습니다. 교바시 아파트의 화재로 인해 지금의 주소로 옮기셨다는 애기를 나오지한테서 들었습니다. 웬만하면 도쿄 근교에 위치한 댁으로 찾아뵐까 했습니다만, 얼마 전부터 어머니의 건강이 다시 악화되어 도저히 어머니를 두고 상경할 수 없기에 어쩔 수 없이 편지를 띄우기로 했습니다.

당신께 의논드리고 싶은 게 있습니다.

여대학(女大學 : 에도 시대 여성 지침서. 점차 의미가 변하여 구식 여성교육을 일컬음-역주)에 비추어 보면 너무나 교활하고 불결하여 악질 범죄에 해당할지도 모르지만 저는 아니, 우리는 이 상태로는 도저히 살아갈 수 없을 것 같아, 동생 나오지가 세상에서 가장 존경하는 당신께 저의 솔직한 심정을 털어놓고 조언을 구하고자 합니다.

저는 지금의 생활에 숨이 막힙니다. 좋고 싫음의 차원이 아니라, 도저히 이대로는 우리 세 사람 살아갈 수가 없을 성싶습니다.

어제도 힘들고 몸에 열까지 나, 숨이 막혀서 제 몸조차 가누기 힘들어 하고 있는데, 오후에 아래 농가의 따님이 쌀을 지고 빗속을 걸어왔습니다. 그리고 저는 약속대로 옷을 드렸습니다. 처녀는 식당에서 나와 마주 앉아 차를 마시며 진지하게 입을 열었습니다.

"이봐요, 물건을 팔아서 앞으로 얼마 동안 생활할 수 있죠?"

"6개월 내지는 1년 정도."

그렇게 대답하고서, 저는 오른손으로 얼굴을 절반 정도 가렸습니다.

"졸려요. 너무 졸려요."

"피곤해서 그래요. 졸음 오는 신경쇠약증에 걸리신 거예요."

"그런가 봐요."

울고 싶어지면서 문득 제 맘속에 리얼리즘과 로맨틱이란 말이 떠올랐습니다. 저에게 현실성은 없습니다. 이런 상태로 살아갈 수 있을까 하고 생각하니 온몸에 소름이 끼쳤습니다. 어머니는 거의 환자나 다름없으셔서 누웠다 일어났다 하시고, 동생은 아시다시피 마음이 중환자여서 여기에 머무를 때는 소주를 마시러 이 근처 요리를 겸한 여관으로 날마다 출근을 하고, 사흘에 한 번은 우리 옷을 판 돈으로 도쿄로 출장을 갑니다. 절 괴롭게 하는 건 이런 게 아닙니다. 저는 다만 제 자신의 생명이 이런 일상생활 속에서 파초 잎이 지지 않고 그대로 썩어 가는 것처럼 우두커니 선 채, 저절로 썩어 가는 저의 모습이 훤히 보이는 것 같아 두렵습니다. 도저히 견딜 수가 없습니다. 그래서 저는 여성 지침서에 이긋나더라도 지금의 현실에서 벗어나고 싶습니다.

그래서 제가 당신께 의논을 드리는 겁니다.

저는 지금 어머니나 동생에게 분명히 선언하고 싶습니다. 전부터 한 분을 사랑하고 있다고, 그리고 앞으로 그분의 애인으로 살아갈 작정이라고 분명히 밝히고 싶습니다. 당신도 아마 그분을 알고 계실 겁니다. 그분 성함의 이니셜은 M.C.입니다. 저는 전부터 뭔가 괴로운 일이 생길 때마다, M.C.에게 달려가고 싶은 마음의 상사병에 걸려 죽을 것만 같았습니다.

M.C.에게는 당신과 마찬가지로 부인과 자식도 있습니다. 또한 저보다 더 젊고 아름다운 여자 친구도 있는 듯합니다. 그럼에도 불구하고 저는 M.C.에게로 가는 것만이 저의 살 길같이 여겨집니다. M.C.의 부인을 아직 뵌 적은 없습니다만, 아주 상냥하고 좋은 분 같습니다. 부인을 생각하면 제 자신이 무서운 여자란 생각이 듭니다만, 지금 저의 생활은 그 이상으로 끔찍하여 M.C.에게 의지하지 않을 수 없습니다. 비둘기같이 순결하게, 뱀같이 지혜롭게 저는 저의 사랑을 이루고 싶습니다. 그러나 반드시 어머니도 동생도 또한 세상 사람들도 누구 하나 제 편이 되어 주지는 않을 겁

니다. 당신 생각은 어떠세요? 결국 혼자 생각하고 혼자 실행에 옮기는 수밖에 없다고 생각하니 눈물이 납니다. 난생처음 겪는 일이니까요, 저는 이런 만만치 않은 일을 주위 모든 사람들의 축복 속에서 이룰 방법은 없을까, 상당히 까다로운 대수의 인수분해 문제 따위의 정답을 궁리하듯 골똘히 생각하다, 어딘가 한 군데 고민을 깨끗하게 해결해 줄 단서가 있을 거란 생각에 갑자기 마음이 밝아지기도 합니다.

하지만 정작 M.C.께서는 저를 어떻게 여길지를 생각하면 맥이 풀립니다. 소위 저는 억지로, …… 뭐라고 하죠, 억지 춘향이식 마누라도 아니고, 억지 춘향이식 애인쯤 된다고 할까요. 그런 저로서는, M.C.가 도저히 안 되겠다고 하면 그것으로 끝이겠죠. 그래서 당신께 부탁드립니다. 아무쪼록 당신께서 그분께 물어봐 주십시오. 6년 전 어느 날, 제 맘속에 아련한 무지개가 걸렸습니다. 그것은 연정도 사랑도 아니었지만 세월이 흐를수록 그 무지개는 선명한 색채를 더해 갔고, 저는 지금까지 한 번도 그것을 놓친 적이 없었습니다. 소나기가 지나간 청명한 하늘에 걸리는 무지개는 덧없이 금방 사라져 버리지만, 사람 맘속에 걸린 무지개는 사라지지 않는 듯합니다. 제발 그분께 물어봐 주세요. 그분은 진정 저를 어떻게 생각하고 계실까요. 그야말로 비 갠

뒤의 무지개같이 저를 여기고 계셨던 것일까요. 그리곤 기억 저편으로 사라져 버렸다고?

그렇다면 저의 무지개도 지워야만 하겠지요. 하지만 먼저 저의 생명을 지우지 않는다면 제 맘의 무지개는 지워지지 않을 것 같습니다.

답신을 바랍니다.

우에하라 지로 님께(나의 체호프(A. P. Chekhov : 1860~1904, 러시아 작가-역주), 마이 체호프, M.C.)

저는 요즘 조금씩 살이 찌고 있습니다. 동물적인 여자가 되어 간다고 하기보다는 사람답게 되어 간다는 생각이 듭니다. 올해 여름은 유일하게 로맨스 소설을 한 권 읽었습니다.

답신이 없어, 한 번 더 글을 올립니다. 일전에 올린 편지는 교활하고 뱀 같은 간계로 가득 차 있음을 훤히 꿰뚫어 보셨죠. 정말 저는 저번 편지의 한 줄 한 줄에 갖은 교지狡智를 부려 보았습니다. 결국 제가 당신께 생활의 도움을 청하고, 돈이 필요해서 보낸 편지에 지나지 않는다고 여겼을 테죠. 저도 완전 부정은 않겠습니다. 그러나, 단지 저의 패트런(patron : 후원자, 여기선 여성에 대한 특정의 조력자를 일컬음-역주)이 필요했다면, 실례지만 굳이 당신을 택해 부탁드리지는 않았을 겁니다. 당신 외에도 저를 귀여워해 줄 부자 노인은 많을 겁니다. 실제 얼마 전에도 묘한 혼담이 있었답니다. 그분 성함을 들으면 당신도 아실지 모릅니다. 예순을 넘긴 독신 할아버지로 예술원인가 뭔가 하는 곳의 회원이라고 하더군요. 그런 대단한 어르신께서 저를 데려가겠다고 여기까지 오셨습니다. 이 어르신은 전에 살았던 니시카타마치의 집 근처에 살고 계셨기에 이웃의 교분으로 가끔 만난 적이 있었습니다. 언젠가, 아마도 어느 가을날 저녁 무렵으로 기억합니다만, 저와 어머니 둘이서 차로 그 어르신 댁 앞을 지나가는데 그분이 혼자서 멍하니 대문 옆에 서 계셨어요. 어머니께서 차창으로 살짝 고개를 숙여 인사를 하자, 그 어르신의 깐깐하고 푸르스름한 얼굴이 순식간에 단풍보다 붉어졌습니다.

"사랑의 감정일까요?"

저는 들뜬 기분으로 말했습니다.

"어머니를 좋아하나 봐요."

"아니, 훌륭한 분이셔."

어머니는 차분히 독백하듯 말씀하셨어요. 예술가를 존경하는 게 우리 집안의 가풍인 것 같습니다.

그 어르신이 지난해에 부인을 여의시고, 와다 외숙과 요곡謠曲 솜씨를 뽐내는 황족인 어느 친구를 통해 어머니께 청을 넣었는데, 어머니는 솔직한 저의 심정을 어르신께 직접 전하라 하셨습니다. 저는 싫었기에 심사숙고하지 않고 결혼할 의사가 없다는 내용을 지체없이 술술 적어 보냈습니다.

"거절해도 되죠?"

"그야…… 나도 무리라고 생각했단다."

그 무렵 어르신은 가루이자와輕井澤 별장에 머물고 계셔서 그 별장으로 거절의 답신을 보냈는데, 그 이튿날 어르신은 그 편지와 엇갈려서 아무것도 모르신 채 이즈 온천에 용무가 있어 오셨다가 잠깐 들를 요량으로 느닷없이 이 산장으로 찾아오셨습니다. 예술가는 아무리 나이가 들어도 아이같이 제멋대로 행동하는 경향이 있나 봅니다.

어머니가 몸이 편찮으신 까닭에 제가 맞아 응접실에서 차를 대접했습니다.

"저어, 지금쯤 거절의 편지가 가루이자와에 도착했을 줄로 압니다. 신중히 고려했습니다만……."

"그렇습니까?"

황급히 말씀하시며 땀을 닦으셨습니다.

"하지만 한 번 더 신중하게 생각해 주십시오. 저는 당신

을 뭐랄까, 소위 정신적인 행복은 줄 수 없을지 모르지만 그
대신 물질적으로는 얼마든지 행복하게 해 줄 수 있다는 점
만은 분명히 말할 수 있습니다. 솔직히 말씀드리자면 그렇
습니다."

"말씀하신 그 행복이 뭔지 저로선 이해할 수 없습니다.
건방진 말씀을 드리게 되어 죄송합니다만, 체호프가 아내
에게 보낸 편지에 '아이를 낳아 주오. 우리의 아이를 낳아
주오.'라는 글이 있었지요. 니체의 에세이 중에도 '아이를
배게 하고 싶은 여자'란 글이 있었습니다. 전 아이를 원합
니다. 행복 같은 건 아무래도 좋아요. 돈도 원하지만 아이를
키울 수 있을 만큼의 돈이 있다면 그것으로 족합니다."

어르신은 묘한 웃음을 흘리시며 나이에 걸맞지 않게 약
간 거슬리는 말씀을 하셨습니다.

"당신은 특이한 분이군요. 아무한테나 생각한 바를 표현
할 수 있는 분. 당신 같은 분과 함께 있으면 제 일에도 새로
운 영감이 마구 솟아나지 않을까 싶습니다."

만약 제 힘으로 이런 대단한 예술가의 작업에 젊음을 불
어넣을 수 있다면, 그것 또한 보람 있는 일이라 생각했습니
다만, 어르신께 안기는 저의 모습을 도저히 상상할 수가 없
었습니다.

“어르신을 사랑하지 않는데도 괜찮겠습니까?”

저는 살짝 웃으며 물었습니다.

“여자분은 그러면 됩니다. 여자는 그저 다소곳이 있는 것이 좋습니다.”

어르신은 진지하게 말씀하셨습니다.

“하지만 저로서는 역시 사랑 없이는 결혼을 생각할 수 없습니다. 전 이제 어른이거든요. 내년이면 벌써 서른입니다.”

그렇게 말하는 저의 입을 순간 틀어막고 싶었습니다.

‘서른. 여자는 스물아홉까지는 처녀 냄새가 남아 있지만 서른 된 여자의 몸에서는 이제 어디에도 처녀의 향기가 없다.’ 오래전에 읽었던 프랑스 소설 속의 이 글귀가 문득 떠올라 견딜 수 없는 쓸쓸함이 몰려와 시선을 밖으로 돌렸습니다. 정오의 태양이 내리쬐는 바다는 유리조각처럼 따갑게 반짝이고 있었습니다. 그 프랑스 소설을 읽었을 때에는 그야 그럴 테지 하고 가볍게 인정하며 아무렇지도 않게 여겼습니다. 여자는 서른이 되면 끝이라고 예사롭게 여겼던 그 시절이 그립습니다. 팔찌, 목걸이, 드레스, 벨트, 그 하나하나가 제 몸에서 사라져 감에 따라 제 몸의 처녀 향내도 옅어져 갔겠지요. 초라한 중년의 여인. 아아! 싫습니다. 하지만 중년 여인의 생활에도 여자의 생활이 있군요. 요즘 그 사실을 알게 되었습니다. 영국인 여교수가 본국으로 귀국하면서 열아홉의 저에게 한 말을 지금도 기억하고 있습니다.

"당신은 절대 사랑을 하지 마세요. 사랑을 하면 불행해집니다. 사랑을 하려면 좀더 나이 들어 하세요. 서른이 되거든 하세요."

그 말을 듣고 저는 어리둥절해 할 뿐이었습니다. 서른이 된 후의 일 따윈, 그 무렵 저에게는 상상조차 할 수 없었습니다.

"이 별장을 내놓으셨다는 소문을 들었습니다만."

어르신은 심술궂은 표정으로 그렇게 말했습니다.

저는 웃었습니다.

"죄송합니다. 벚꽃동산을 떠올리곤 그만. 당신이 사 주실 거죠?"

어르신은 과연 저의 의도를 금방 눈치 채셨는지, 화난 듯 입을 일그러뜨리고 아무 말이 없었습니다.

어느 황족의 거처로 삼기 위해 오십만 엔에 이 산장을 이러쿵저러쿵 하는 얘기가 있었던 건 사실입니다만, 그 얘기는 도중에 흐지부지되었고, 어르신은 그 소문을 어디선가 들으셨을 겁니다. 하지만 『벚꽃동산』(4막으로 구성된 체호프의 희곡, 몰락하여 경매에 붙여진 라네프스카야 집안의 영

지, 즉 벚꽃동산을 둘러싼 삼대의 심리와 비감을 그림-역주)
의 로파힌(벚꽃동산의 등장인물. 라네프스카야의 영지를 사
들여 별장 분양지로 만들려는 농노 출신의 신흥 부호-역주)과
같은 인물로 치부당하는 것이 대단히 불쾌하신 듯 몹시 언
짢은 기색으로 잡담을 조금 나누다가 돌아가셨습니다.

저는 지금 로파힌 같은 당신을 원하는 것이 아닙니다. 그
건 분명히 말할 수 있습니다. 그저 중년 여인의 억지로 받아
주십시오.

제가 당신을 처음 뵌 것은 지금으로부터 6년 전으로, 오
래되었습니다. 그 당시, 저는 당신이란 사람에 대해 전혀 아
는 바가 없었습니다. 그저 동생의 스승, 더구나 별로 탐탁찮
은 스승으로만 여기고 있었습니다. 그리고 함께 술을 마시
고 약간의 가벼운 장난을 치셨지요. 하지만 저는 의연했습
니다. 그저 이상하리만치 홀가분해진 기분이었습니다. 당신
을 좋아하는 것도 싫어하는 것도 아무것도 아니었습니다.
그동안 동생의 비위를 맞추기 위해 당신의 저서를 동생에
게 빌려서 읽었는데 재미있다가 시시했다가, 그다지 열렬
한 독자는 아니었습니다. 하지만 6년이란 세월 동안 언제부
턴가 당신이 안개처럼 제 가슴에 스며들었습니다. 그날 밤,
지하실 계단에서 우리가 한 일도 갑자기 생생하게 떠올라

108

왠지 그것이 저의 운명을 결정할 정도의 중대한 사건이라는 생각이 들었고 당신이 무척 그리웠습니다. 이것이 사랑일지도 모른다는 생각을 하자 허전하고 외로워 혼자서 훌쩍훌쩍 울었습니다. 당신은 다른 남자와 전혀 다릅니다. 저는 『갈매기』(체호프의 희곡-역주)의 니나(갈매기의 주인공-역주)처럼 작가를 사랑한 것이 아닙니다. 저는 소설가를 동경하는 사람이 아닙니다. 저를 문학소녀라도 되는 것처럼 생각하신다면 당황스럽군요. 저는 당신의 아이를 원합니다.

훨씬 오래전에 당신이 아직 독신이고 저도 아직 미혼이었을 때 만나 결혼을 했다면, 저도 지금처럼 괴롭지 않았겠지만, 이제 당신과의 결혼은 이루어질 수 없는 것으로 포기했습니다. 당신 부인을 밀쳐 내는 따위의 비열한 폭력은 싫습니다. 저는 첩(이 말을 입에 담기가 죽기보다 싫지만, 애인이라 한다 해도 속된 표현으로 첩인 게 분명하므로 분명히 해두겠습니다)도 상관없습니다. 세상에서 흔히 말하는 첩 생활이 쉽지만은 않은 모양입니다. 사람들 얘기로는, 첩은 대개 볼일이 끝나면 버림받는 처지라고 하더군요. 예순이 가까워지면 모든 남자는 본처에게로 돌아가게 되어 있으니, 첩은 애당초 될 게 아니라고, 니시카타마치의 할아범과 유모가 나누는 대화를 들은 적이 있습니다. 하지만 그건 그야말로 세상의 일반적인 첩의 얘기고 우리의 경우는 다릅니다. 당신께 가장 중요한 것은 역시나 당신의 일일 것입니다. 그리고 당신이 저를 좋아하신다면, 둘이 사이좋게 지내는 것이 당신의 일을 위해서도 낫겠지요. 그럼 당신 부인도 우리 사이를 이해해 주실 겁니다. 이상한 궤변처럼 들릴지 몰라도 저의 생각은 어디 하나 틀리지 않다고 생각합니다.

문제는 당신의 답신입니다. 저를 좋아하는지 싫어하는지, 이도 저도 아닌지 두렵지만 당신의 고견을 알고 싶습니다. 일전의 편지에도 '억지 애인'이라고 적고 이번 편지에도 중년 여인의 억지라고 적었습니다만, 지금 곰곰이 생각해 보니 당신으로부터 답신이 없다면 억지를 부려본들 어떻게 해 볼 도리 없이 혼자 멍하니 야위어만 가겠죠. 당신 생각을 꼭 들려 주세요.

지금 문득 떠올랐습니다만, 당신은 소설에서 모험적인 사랑 얘기를 자주 다루어 사람들이 몹쓸 인간인 양 입방아를 찧지만 실제 당신은 상식 있는 분이십니다. 저로선 상식의 의미를 모릅니다. 좋아하는 일을 할 수만 있다면, 그것이 바로 괜찮은 생활인 것 같습니다. 저는 당신의 아이를 갖고 싶습니다. 다른 사람의 아이는 죽어도 싫습니다. 그래서 당신께 의논드리는 겁니다. 심사숙고하신 후 답신을 주십시

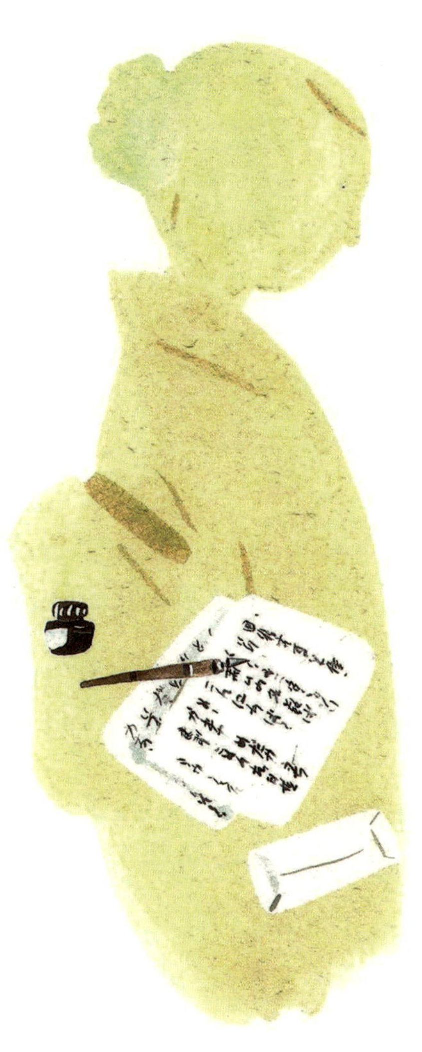

오. 당신의 분명한 뜻을 알려 주십시오.

비가 그치고 바람이 붑니다. 오후 3시군요. 이제부터 최고급 술(여섯 홉)을 배급받으러 갑니다. 럼주 술병 두 개를 자루에 넣고 편지를 호주머니에 챙겨 넣어 10분 정도 뒤에 아랫마을로 외출합니다. 이 술은 동생에게 주지 않고 제가 마십니다. 매일 밤, 한 잔씩 마십니다. 술은 잔으로 마셔야 제맛이 나잖아요.

이쪽으로 오시지 않겠어요?

M.C.님께

오늘도 비가 내립니다. 눈에 보이지 않을 정도의 는개가 내리고 있습니다. 줄곧 아무데도 가지 않고 답신을 바라고 있는데도, 결국 오늘까지 아무런 소식이 없었습니다. 당신은 도대체 무슨 생각을 하고 계신가요? 지난번 편지에 적은 어르신의 일이 당신을 언짢게 했습니까? 이런 혼담 얘기 따위로 경쟁심을 자극시킬 심산인가 하고 불쾌하게 생각하셨나요? 하지만 그 혼담은 그것으로 끝이었습니다. 아까도 어머니와 그 얘길 나누며 웃었습니다. 어머니는 얼마 전 혀끝이 아프셨는데, 나오지가 권유한 미학요법으로 혀의 통증도 가셔서 요즘은 건강하신 편입니다.

아까 제가 툇마루에 서서 소용돌이치며 흩날리는 는개를 바라보면서 당신의 심정이 어떨지 생각하고 있는데 어머니가 따뜻한 우유를 마시러 오라고 식당 쪽에서 저를 부르셨습니다.

"날씨가 추워서 좀 뜨겁게 데웠단다."

우리는 식당에서 김이 모락모락 피어오르는 뜨거운 우유를 마시며 전날 있었던 어르신 얘기를 나누었습니다.

"그분과 전 아예 어울리지 않죠?"

"어울리지 않아."

어머니는 태연히 말씀하셨습니다.

"어머니도 아시다시피 전 제멋대로이지만, 그런데도 예술가를 좋아하죠. 뿐만 아니라 그분은 상당한 수입이 있다고 하니 그런 분과 결혼하면 그것도 괜찮을 듯싶어요. 하지만 안 돼요."

어머니는 웃으시며 말씀하셨습니다.

"가즈코는 못됐구나. 그토록 안 된다고 하면서 일전에 그분과 여유 있게 무언가 환담을 나누더구나. 네 맘을 알 수가 없구나."

"그야, 정말 재미있었던걸요. 이런저런 얘길 더 하고 싶었어요. 전 아무래도 품행이 단정치 못한가 봐요."

"아니, 진득한 면이 있는 게지. 가즈코 진드기."

오늘 어머니의 컨디션은 최상입니다.

그리고 어제 처음으로 올린 저의 머리를 보시고는 한말씀 하시더군요.

"올림머리는 머리숱 적은 사람이 해야 좋단다. 너의 올림머리는 너무 멋져서 작은 금관이라도 올려놓고 싶을 정도야."

"어머니 말씀에 실망이에요. 언젠가 저에게, 가즈코는 목덜미가 희고 예쁘니까 되도록 목덜미를 감추지 말라고 하셨잖아요."

"그런 말은 잘도 기억하는구나."

"조금이라도 칭찬받은 건 평생 잊히지 않아요. 기억하는 것이 즐거운걸요."

"일전에 어르신께도 칭찬을 들은 모양이지?"

"그래요. 그래서 들러붙어 있었어요. 저와 함께 있으면 영감靈感이……, 아아! 세상에. 예술가는 좋아하지만, 그렇게 인격자인 양 거드름 피우는 사람은 비위가 상해요."

"나오지의 스승은 어떤 분이시지?"

저는 순간 뜨끔했습니다.

"잘 모르지만, 결국 나오지 스승이니 딱지 붙은 불량배일

걸요.”

“딱지 붙은?”

어머니는 재미있다는 듯 중얼거리셨습니다.

“재미있는 말이구나. 딱지가 붙었다면 오히려 안심할 수 있잖니. 방울을 목에 단 새끼 고양이처럼 귀여운 느낌마저 들 정도야. 딱지 없는 불량배가 무서운 거란다.”

“그럴까요?”

전 기뻐 어쩔 줄 몰라 몸이 연기가 되어 하늘로 쑤욱 빨려 올라가는 느낌이었어요. 아시겠어요, 제가 기뻐하는 이유를? 이해 못하셨으면, ……때려 줄 거예요.

한번 이쪽으로 놀러 오시지 않겠어요? 나오지에게 당신을 모시고 오도록 당부하는 것도 왠지 어색하니, 당신이 취중을 가장하여 나오지의 안내를 받고 오셔도 상관없지만, 되도록 혼자서 그것도 나오지가 도쿄로 출장가고 없을 때 오세요. 나오지가 있으면, 나오지가 당신을 독점하여 틀림없이 오사키 씨 가게로 소주를 마시러 나갈 것이고, 그걸로 그만일 테니까요. 저희 집안은 대대로 예술가를 좋아한 모양입니다. 고린(오가타 고린尾形光琳 : 1658~1716, 에도 중기의 화가, 공예가 - 역주)이란 화가도 옛날 교토의 저희 집에서 오래 머물며 맹장지문에 훌륭한 그림을 그려 주셨습니다. 따라서 어머니도 당신의 방문을 반드시 기뻐하실 겁니다. 당신은 이층 양실洋室에서 주무시게 되겠지요. 전등 끄는 걸 잊지 마세요. 저는 작은 촛불을 한 손에 들고 어두운 계단을 올라가서……, 그건 안 되나요? 너무 빠르죠.

전 불량스러운 게 좋은걸요. 그것도 딱지 붙은 불량배가 좋아요. 그리고 저도 딱지 붙은 불량배가 되고 싶어요. 그 외에는 달리 제가 살아갈 방법이 없는 것 같아요. 당신은 일본에서 최고의 딱지 붙은 불량한 사람일 테죠. 요즘 많은 사람들이 당신을 추접스럽고 지저분하다며 매우 증오하고 공격한다는 얘기를 동생에게서 듣고, 한층 당신이 좋아졌습니다. 당신에게는 필시 애인이 여럿 있겠지만, 머잖아 곧 저 하나만을 좋아하게 될 거예요. 자꾸만 그런 생각에 사로잡힙니다. 그리고 당신은 저와 함께 살면서 매일 즐겁게 일할 수 있을 테죠. 저는 어릴 적부터 사람들로부터 저와 함께 하면 괴로움을 잊게 된다는 말을 들어 왔습니다. 저는 지금까지 미움을 받은 적이 없습니다. 한결같이 저를 좋은 아이라고 말했습니다. 따라서 당신도 저를 싫어할 리 없을 겁니다.

만나면 됩니다. 이제 더 이상 답신 같은 건 필요 없습니다. 뵙고 싶습니다. 제가 도쿄의 당신 댁으로 찾아가면 가장 수월하게 만나 뵐 수 있을 테지만, 어머니가 환자나 다름없다 보니, 저는 늘 붙어 있어야 하는 간호사 겸 하녀라서 아무래도 그건 불가능합니다. 부탁입니다. 제발 이곳으로 와 주세요. 한번 뵙고 싶습니다. 모든 것은 만나면 자연히 알게 되실 터. 저의 양쪽 입가에 생긴 엷은 주름을 보여 드리고 싶습니다. 세기世紀의 슬픈 주름을 보세요. 저의 어떤 말보다 제 얼굴이 저의 심정을 당신께 확실히 전달할 수 있을 것입니다.

처음 당신께 드린 편지에 제 맘에 걸린 무지개 얘기를 적었습니다. 그 무지개는 반딧불같이 혹은 별빛같이 고상하고 아름답지 않습니다. 그런 엷고 아득한 심정이었다면, 이토록 괴로워하지 않고 시나브로 당신을 잊을 수 있겠지요. 제 가슴의 무지개는 불의 다리입니다. 가슴이 까맣게 타 들어가는 그리움입니다. 마약중독자가 마약이 떨어져 약을 찾아 헤맬 때의 심정이라도 이 정도는 아닐 겁니다. 잘못된 것이 아니다, 불결하지 않다고 생각하면서도 문득 제 자신이 엄청나게 우매한 짓을 벌이는 건 아닌가 하는 생각에 오싹해질 때도 있습니다. 미친 게 아닌가 싶어 제 자신을 돌아볼 때도 있습니다. 하지만 저 역시 냉정해질 때도 있습니다. 정말 이쪽으로 한번 와 주십시오. 언제 오셔도 상관없습니다. 저는 아무데도 가지 않고 언제나 기다리고 있습니다. 저를 믿어 주세요.

한 번 더 만나서, 그때 싫으면 분명히 말씀해 주세요. 제 가슴의 불은 당신이 붙였기에, 당신이 꺼 주십시오. 저 혼자 힘으로는 도저히 끌 수가 없습니다. 어쨌든 만나면, 만나기만 하면 제가 살 것 같습니다. 『만요』(万葉 :『万葉集』을 일컬음. 현존하는 일본 최고의 시가집. 20권. 약 4천 5백 수의 노래가 실렸음-역주)나 『겐지모노가타리』(源氏物語 : 헤이안 중기의 장편소설. 54권. 무라사키 시부키〔紫式部〕지음-역주)의 시절이었다면 제가 드리는 말씀쯤이야 대수롭지 않았을 겁니다. 저의 소망, 당신의 애첩이 되어서 당신 아이의 엄마가 되는 것이 말입니다.

이 같은 편지에 대해 만약 비웃는 사람이 있다면, 그런 사람은 여자의 살아가는 노력을 비웃는 사람입니다. 여자의 생명을 비웃는 사람입니다. 저는 항구의 숨 막힐 듯한 탁한 공기에 견딜 수 없어서 태풍이 몰아쳐도 돛을 올리고 싶습니다. 쉬고 있는 돛은 지저분한 법. 저를 비웃는 사람들은 한결같이 쉬고 있는 돛임에 틀림없습니다. 아무것도 할 수가 없습니다.

한심한 여자. 그러나 이 문제로 가장 고통받고 있는 사람은 바로 접니다. 전혀 상관없는 방관자가 돛을 지저분하게 축 늘어뜨리고 쉬면서 이 문제를 비판하는 것은 어리석은 짓입니다. 제게 무슨 사상 따윌 엉성하게 거들먹거리지 않았으면 합니다. 저는 무사상론자입니다. 저는 사상과 철학 따윌 가지고 행동한 적이 단 한 번도 없습니다.

세상에서 격찬과 존경을 받는 사람들은 모두 거짓말쟁이며 가짜인 것을 전 알고 있습니다. 저는 세상을 믿지 않습니다. 오히려 딱지 붙은 불량자만이 제 편입니다, 딱지 붙은 불량자. 저는 십자가에만은 매달려 죽어도 좋습니다. 만인에게 비난받을지언정, 저는 되묻고 싶습니다. 당신들은 딱지가 붙지 않은 더욱 위험한 불량자가 아닌가 하고 말입니다.

아시겠어요?

사랑에는 아무 이유가 없습니다. 다소 변명을 늘어놓은 것 같습니다. 동생 말투를 그대로 흉내 낸 것 같기도 하고요. 오시기를 기다릴 뿐입니다. 한 번 더 뵙고 싶습니다. 그것뿐입니다.

기다림. 아, 사람의 삶에는 기뻐하고 화를 내고 슬퍼하고 미워하는 등 다양한 감정이 있지만, 그것은 사람의 생에서 겨우 1퍼센트를 차지할 뿐, 나머지 99퍼센트는 그저 기다리며 살아가는 것이 아닐까요? 행복의 발소리가 복도에서 나기를 이제나저제나 가슴이 미어지는 심정으로 기다리다 젖어드는 허무함. 아, 사람의 삶은 정말 비참합니다. 모든 사람들이 태어나지 말았어야 했다고 고뇌하는 이 현실. 그리고 아침부터 밤까지 부질없이 무언가를 기다리죠. 너무 비참합니다. 태어나길 잘했다고 느낄 수 있도록 생명을, 사람을, 세상을 기뻐하고 싶습니다.

당신을 가로막는 도덕을 밀쳐 낼 순 없나요?

M.C.(마이 체호프의 이니셜이 아닙니다. 저는 작가를 사랑하는 게 아닙니다. 마이 차일드)

5

올 여름, 난 한 남자에게 세 통의 편지를 띄웠지만 답신은 없었다. 아무리 생각해 봐도 그것만이 나의 살 방도라고 여기고 세 통의 편지에 내 마음을 담아 마치 벼랑 끝에서 성난 파도를 향해 뛰어내리는 심정으로 우체통에 넣었건만, 아무리 기다려도 답신이 없었다. 동생에게 넌지시 그 사람의 안부를 물어보니 그 사람은 변함없이 매일 밤 술을 마시러 배회하며 더욱 부도덕한 작품만을 써서 뭇사람의 빈축을 사 미움받는 모양이었다. 나오지는 그에게서 출판업을 권유받고는 흔쾌히 받아들였는데 그 사람 외에도 두세 명의 소설가를 고문으로 둘 예정이며, 자본을 댈 사람도 있다느니 어쨌다느니, 나오지 얘길 듣고 있자니 내가 사랑하고 있는 사람의 주변 분위기에 나의 냄새가 조금도 스며들지 않은 듯했다. 나는 창피하다기보다는 이 세상이 내 관념 속의 세상과는 전혀 다른 별개의 기묘한 생물처럼 느껴졌다. 마치 나 혼자만 내버려져 불러도 소리쳐도 아무런 대답 없는 해질녘의 가을 광야에 서 있는 듯한, 지금까지 겪어 보지 못한 처참한 기분에 휩싸였다. 이것이 바로 실연이란 걸까? 광야에 이렇게 내내 서 있는 동안에 해가 완전히 저물어 밤이슬에 얼어 죽는 수밖에 달리 도리가 없다고 생각하니, 눈물 없는 통곡으로 양쪽 어깨와 가슴이 격렬하게 일렁이고 숨조차 제대로 쉴 수 없었다.

이렇게 된 바에야 어떻게 해서든 내가 상경하여 우에하라 씨를 만나야지. 내 돛은 이미 올려져 출항해 버린걸. 언제까지나 잠자코 서 있을 수만은 없다. 목적지까지 반드시 가야 한다. 은밀하게 상경할 마음을 먹고 나니, 어머니의 상태가 이상해졌다.

하루는 밤에 기침을 심하게 하셨고 열을 재어 보니 39도였다.

"오늘 날씨가 추워서 그래. 내일이면 괜찮을 거야."

어머니는 콜록거리며 힘없이 말씀하셨지만, 내가 보기
엔 단순한 기침이 아닌 듯하여 날이 밝는 대로 우선 아랫
마을 의사 선생님을 모셔 와야겠다고 마음먹었다.

다음날 아침, 열은 37도로 내려갔고 기침도 그리 심하
지 않았지만 마음먹은 대로 마을 의사 선생님께 가서 어머
니가 요즘 갑자기 쇠약해지신 일과 어젯밤부터 열이 나고,
기침도 단순한 감기 기침과는 다른 듯하다는 등의 말씀을
드리고 왕진을 부탁했다.

선생님은 나중에 찾아뵙겠다고 하시며, 응접실 구석에
놓인 찬장에서 배를 세 개 꺼내시더니 선물 받은 거라고
하시며 내게 주셨다. 그러고 나서 오후에 흰색 여름 정장
차림으로 진찰하러 오셨다. 여느 때처럼 오랫동안 주의 깊
게 청진聽診과 타진打診을 하신 후 내 쪽을 향하여 돌아앉으
시며 말씀하셨다.

"염려하실 건 없습니다. 약을 드시면 낫습니다."

나오는 웃음을 참으며 여쭀다.

"주사를 놓으면 어떻겠습니까?"

선생님은 진지하게 말씀하셨다.

"그럴 필요는 없습니다. 고뿔이라서 안정을 취하시면 곧
나으실 겁니다."

하지만 어머니는 그로부터 일주일이 지났는데도 열이 내리지 않았다. 기침은 가라앉았지만 열은 아침에는 37도 7분 정도였다가, 저녁 무렵이 되면 39도로 올랐다. 그 다음 날부터 의사가 배탈이 나는 통에 내가 직접 약을 타러 가서는 어머니의 병세가 좋지 않은 사실을 간호사를 통해 의사 선생님께 알려 드려도 일반적인 고뿔이니까 걱정할 것 없다고 하시며 물약과 가루약을 조제해 주셨다.

도쿄로 출타한 나오지는 벌써 열흘째 돌아오지 않고 있었다. 나 혼자서 불안한 나머지 와다 외숙께 심상찮은 어머니의 병세를 엽서로 알려 드렸다.

발열한 날로부터 열흘째 되는 날 의사 선생님이 겨우 배탈이 진정되었다며 왕진을 오셨다.

선생님은 어머니의 가슴을 신중하게 타진하시면서 중얼거렸다.

"알겠습니다. 알겠습니다."

그러고 나서 다시 나를 정면으로 바라보며 말씀하셨다.

"발열의 원인을 알았습니다. 왼쪽 폐에서 침윤(浸潤 : 폐결핵 초기 증상의 옛말-역주)을 일으켰습니다. 하지만 걱정하실 필요는 없습니다. 당분간 열은 계속 나겠지만 안정을 취하면 걱정할 것 없습니다."

　반신반의하면서도 물에 빠진 사람 지푸라기라도 잡는 심정으로 의사 선생님의 진단에 적이 안심이 되었다.

　"어머니, 정말 다행이에요. 그 정도의 침윤은 누구에게나 있대요. 마음만 단단히 잡수시면 수월하게 나을 거예요. 올 여름의 변덕스런 날씨 탓이에요. 여름은 싫어요. 저는 여름철 꽃도 싫어요."

　어머니는 눈을 감고 웃으셨다.

　"여름 꽃을 좋아하는 사람은 여름에 죽는다기에 나도 올 여름께 죽겠구나 했는데, 나오지가 돌아와서 가을까지 살았구나."

　저런 나오지도 어머니의 삶에 의지할 기둥이 되는가 싶어 괴로웠다.

　"그럼 이제 여름도 지나갔으니 어머니는 위기를 넘긴 셈이네요. 어머니, 뜰에 싸리꽃이 피었어요. 그리고 여랑화, 오이풀, 도라지, 솔새, 참억새, 뜰엔 가을 기운이 완연해요. 10월이 되면 열도 틀림없이 내릴 거예요."

　나는 그렇게 되기를 기도했다. 후텁지근한 늦더위의 계절, 이 9월이 하루빨리 지나가면 좋으련만. 그리하여 국화가 피고 화창한 초겨울의 햇살 좋은 날씨로 접어들면 틀림없이 어머니도 열이 내려 기운을 차리실 것이고, 나도 그 사람을 만나 내 계획 역시 탐스러운 국화처럼 멋있게 꽃피울 수 있을지 모른다. 아아, 어서 10월이 되어 어머니의 열이 내리면 좋으련만.

와다 외숙께 엽서를 띄운 지 일주일 정도 지나서, 와다 외숙의 배려로 한때 시의(侍醫 : 궁중에서 임금과 왕족을 전담하는 의사-역주)로 계셨던 연로하신 미야케三宅 선생님이 간호사를 데리고 도쿄에서 왕진을 오셨다.

연로하신 선생님은 돌아가신 아버지하고도 친분이 있던 분이어서 어머니는 무척 반가운 기색이셨다. 게다가 연세가 지긋한 선생님은 옛날부터 격식이 없고 말투도 거침이 없으셨다. 어머니는 그런 점이 마음에 드신 듯했고, 진찰 따윈 아랑곳하지 않은 채 두 분이 서로 마음을 터놓고 잡담을 나누느라 신이 나셨다. 내가 푸딩을 만들어 방으로 가져갔더니, 그새 진찰도 끝내셨는지 선생님은 청진기를 목걸이인 양 어깨에 아무렇게나 걸친 채 방문 앞 복도의 등의자에 앉아서 느긋하게 이런저런 얘길 나누고 계셨다.

"나 같은 사람도 포장마차에서 우동을 선 채 먹는데 말이죠, 맛이 있고 없고 따질 겨를이 없을 정도랍니다."

어머니도 의연하게 천장을 보며 얘길 듣고 계셨다. 나는 아무 일 없다는 느낌에 안도의 한숨을 쉬었다.

"어떠신가요? 이 마을 의사 선생님은 왼쪽 폐에 침윤이
있다고 하셨는데."

나도 갑자기 기운이 나서 미야케 선생님께 여쭈었다.

"아냐, 괜찮아."

선생님은 가볍게 말씀하셨다.

"어머니, 정말 다행이에요."

나는 너무 기뻐서 어머니께 소리쳤다.

"괜찮대요."

그때 미야케 씨는 등의자에서 불쑥 일어나 응접실 쪽으
로 가셨다. 내게 뭔가 볼일이 있으신 듯한 눈치여서, 조용
히 그 뒤를 따랐다.

연로한 선생님은 응접실 벽걸이 앞에서 걸음을 멈추셨다.

"버석버석 소리가 들리는걸."

"침윤이 아닌가요?"

"아니야."

"기관지염은?"

나는 금세 눈물을 글썽이며 여쭈었다.

"아냐."

결핵! 나는 그것이라고 생각하고 싶지 않았다. 폐렴이나
침윤이나 기관지염이라면 반드시 나의 힘으로 낫게 해 드

릴 수 있다. 하지만 결핵일 경우, 아, 이제 글렀는지도 모른다. 나는 발목의 힘이 빠지는 듯했다.

"소리가 아주 심각합니까? 왕성하게 들리나요?"

초조함에 나는 울먹였다.

"좌우 모두 다."

"하지만 어머닌 아직 건강하신걸요. 밥도 맛있다 맛있다 하시며……."

"어쩔 도리가 없군."

"거짓말이죠? 그렇지 않죠? 버터나 계란, 우유를 많이 드시면 낫지 않을까요? 몸에 저항력만 생기면 열도 내리겠죠?"

"음, 뭐든지 많이 먹어야 한다."

"네, 그렇죠? 토마토도 매일 다섯 개 정도 드시는걸요."

"음, 토마토 좋지."

"그럼, 괜찮은 거죠? 낫는 거죠?"

"허나, 이번 병은 목숨이 위태로울지도 몰라. 각오하고 있는 게 좋아."

이 세상에 사람의 힘으로 도저히 해결할 수 없는 절망의 벽을 난생처음으로 절감했다.

"2년, 3년?"

나는 온몸을 떨면서 어렵게 입을 열었다.

"모르지. 아무튼 이제 어떻게 해 볼 도리가 없구나."

그날 미야케 씨는 이즈의 나가오카長岡 온천여관에 예약을 해 둔 관계로 간호사와 함께 돌아갔다. 대문 밖까지 배웅해 드리고 정신없이 방으로 돌아와 어머니 머리맡에 앉아서 아무렇지도 않은 듯 미소를 지어 보였다.

"선생님이 뭐라고 하시던?"

어머니는 웃는 나를 바라보며 물으셨다.

"열만 내리면 괜찮대요."

"가슴 쪽은?"

"별거 아닌가 봐요. 왜 일전에도 그런 적 있었잖아요. 곧 선선해지면 눈에 띄게 건강해지실 거예요."

나는 자신의 거짓말을 믿기로 마음먹었다. 치명적이라는 끔찍한 말은 생각지도 않을 것이다. 어머니의 죽음은 곧 내 육체의 소멸처럼 느껴져 도저히 사실로 받아들일 수가 없었다. 이제부터는 아무 생각 않고 어머니께 맛있는 음식을 잔뜩 해 드려야겠다. 생선, 수프, 통조림, 간, 고기 국물, 토마토, 계란, 우유, 맑은 장국, 두부가 있으면 좋으련만. 두부 된장국, 쌀밥, 떡, 맛있는 거라면 뭐든지 내가 가진 걸 모두 팔아서라도 어머니께 대접해 드려야지.

나는 응접실로 가서 카우치(couch : 누워 잘 수 있도록 만든 긴 의자-역주)를 방 툇마루 가까이 옮겨 어머니의 얼굴을 볼 수 있도록 걸터앉았다. 쉬고 계시는 어머니의 얼굴은 전혀 환자 같지 않았다. 아름답고 맑은 눈, 안색도 생기가 감돌았다. 매일 아침 규칙적으로 일어나 세수를 하고 목욕탕에서 손수 머리를 매만지고 몸단장을 단정히 하고 나서 이부자리로 돌아와 그 자리에 앉은 채 식사를 하신다. 그런 후 누웠다가 일어났다가 오전 내내 신문이나 책을 읽으시고, 발열은 대개 오후에 있었다.

"아, 어머니는 건강하시다. 틀림없이 건강하신 게야."

나는 속으로 미야케 선생님의 진단을 강하게 부정했다.

10월이 되어 국화꽃이 필 무렵이 되면……, 이런 생각에 젖어 있는 사이 나는 꾸벅꾸벅 선잠을 잤다. 나는 현실 속에서는 한 번도 본 적 없는 풍경인데 꿈속에서는 가끔 내 앞에 펼쳐지는 그 풍경에, 아, 또 여기 왔구나 싶은 낯익은 숲속 호숫가로 나갔다. 나는 기모노 차림의 청년과 발소리도 내지 않고 함께 걷고 있었다. 풍경 전체가 초록색 안개가 낀 듯한 느낌이었다. 그리고 호수 속에 잘 빠진 하얀색 다리가 잠겨 있었다.

"아, 다리가 잠겼군. 오늘은 아무데도 갈 수 없어. 이 호텔에서 묵도록 하죠. 분명 빈방이 있을 테니.”

호숫가에 석조 건물로 지은 호텔이 있었다. 건물의 돌은 초록색 안개로 촉촉하게 젖어 있었다. 돌문 위에는 금박글씨로 가늘게 ‘HOTEL SWITZERLAND’라고 새겨져 있었다. ‘SWI……’라고 읽어 내려가는 사이, 갑자기 어머니 생각이 났다. 어머니는 무얼 하고 계실까. 어머니도 이 호텔에 오시는 걸까? 궁금해졌다. 그리고 청년과 함께 돌문을 지나 앞뜰로 나아갔다. 안개 낀 뜰에 수국과 유사한 커다란 붉은 꽃이 불타는 듯이 피어 있었다. 어린 시절, 이불 여기저기 그려져 있는 수국 문양을 보고 괜히 슬퍼지곤 했는데 과연 붉은 수국이 정말 있구나 하고 생각했다.

“춥지 않니?”

“네, 조금. 귀가 안개에 젖어 차가워요.”

나는 웃으면서 말했다.

“어머니는 잘 계실까?”

그러자 청년은 무척 애처로이 미소지으며 대답했다.

“그분은 무덤 속에 계십니다.”

“아!”

나는 가벼운 고함을 질렀다. 그랬다. 어머니는 이미 계시지 않았다. 어머니 장례식도 벌써 치르지 않았는가. 어머니가 이제 이 세상 분이 아니라는 사실을 인식하고는 말로 다할 수 없는 처연함에 몸서리치며 잠에서 깨었다.

베란다는 벌써 어둑어둑했다. 비가 내리고 있었다. 풀빛의 처연함이 생시인 양 사방에 감돌았다.

"어머니!"

나는 어머니를 불렀다.

차분한 어머니의 목소리가 들려왔다.

"뭐하니?"

나는 기쁜 나머지 벌떡 일어나 방으로 갔다.

"지금 막 졸다가 깼어요."

"그래, 뭐하고 있나 궁금하던 참이었지. 낮잠을 오래도 잤구나."

어머니는 재미있다는 듯 웃으셨다.

나는 어머니가 이렇듯 우아하게 호흡하며 살아 계신 사실이 너무 기쁘고 고마워서 눈물을 글썽이고 말았다.

"저녁 식사는 어떻게 할까요? 뭐 드시고 싶은 거 있으세요?"

나는 다소 들떠서 여쭤 보았다.

"아냐, 아무것도 필요치 않단다. 오늘은 열이 39도 5분까지 올랐어."

별안간 나는 한 대 얻어맞은 기분이었다. 어찌해야 할 바를 모르고 어둑한 방 안을 그저 멍하니 둘러보는데 갑자기 죽고 싶었다.

"39도 5분이라니, 어떻게 된 거죠?"

"괜찮아. 단지 열 나기 전이 좀 힘들어 그렇지. 머리가 조금 아프고 오한이 들면서 열이 나거든."

밖은 이미 어둠이 내리고 비는 그쳤지만, 바람이 불기 시작했다. 전등을 켜놓고 식당에 가려고 하는데 어머니는 눈이 부시니 불을 켜지 말라고 당부하셨다.

"어둠 속에서 가만히 누워 계시는 거 싫잖아요."

"눈을 감고 있으니 매한가지란다. 조금도 쓸쓸하지 않아. 오히려 눈부신 게 거슬린단다. 앞으로도 방의 전등은 계속 켜지 말거라."

나는 이 말씀 또한 불길한 느낌이 들었다. 말없이 불을 끄고 옆방으로 가 스탠드를 켜고, 못 견디게 울적한 마음에 서둘러 식당으로 가서는 통조림 연어를 찬밥과 함께 먹는데 눈물이 뚝뚝 떨어졌다.

밤이 되자 바람은 더욱 거세어지고 아홉 시경부터는 비까지 합세하여 완연한 태풍의 기세로 돌변했다. 이삼 일 전에 감아 올린 툇마루 가장자리의 발이 털썩거렸다. 나는 옆방에서 로자 룩셈부르크(Rosa Luxemburg : 1871~1919, 폴란드 태생의 여성 혁명가. 경제학자. 저서로는 『자본축적론』, 『자본론 해설』. 『경제학 입문』 등이 있음-역주)의 『경제학 입문』을 묘한 흥미를 느끼며 읽고 있었다. 이 책은 일전에 이층 나오지 방에서 가져온 것인데, 그때 『레닌선집』과 카우츠키(Kautsky : 1854~1938, 독일의 마르크스주의 경제학자·역사가·정치가-역주)의 『사회혁명』을 함께 가져왔다. 이런 책들을 마구 가져와 내 책상 위에 두었더니, 어머니가 아침에 세수를 하고 방으로 가시는 길에 내 책상 옆을 지나시다 언뜻 그 세 권의 책을 발견하셨다. 일일이 손에 들어 바라보신 후 나지막하게 한숨을 쉬시고는 다시 살며시 내려놓으시며 쓸쓸한 낯으로 나를 슬쩍 보셨다. 어머니가 보통 읽으시는 책은 빅토르 위고(Victor Hugo : 1802~1885, 프랑스의 시인·극작가·소설가. 낭만주의의 거장. 걸작 『레미제라블』 등이 있음-역주), 뒤마 부자(Dumas 父子 : 아버지 大뒤마는 1802~1870, 프랑스의 극작가·소설가. 대표작 『삼총사』, 『몬테크리스토 백작』 등. 그의 아들 小뒤마는 1824~1895, 『춘희』로 데뷔-역주), 뮈세(Musset : 1810~1857, 프랑스 시인·소설가·극작가. 19세기 낭만파 시인-역주), 도데(Daudet : 1840~1897, 프랑스 소설가·극작가-역주)의 책들인데, 나는 이런 감미로운 이야기책에서도 혁명의 분위기를 느낄 수 있다. 어머니같이 천성적인 교양을 갖춘 분은 의외로 덤덤하게 혁명을 받아들일지도 모른다. 나 역시 로자 룩셈부르크의 책을 읽으면서 스스로가 메스껍지 않았던 건 아니지만 나름대로 깊은 흥미를 느꼈다. 이 책은 경제학에 관한 내용이지만 경제학 차원에서 읽으면 지겨울 따름이다. 정말 단순하고 뻔한 내용뿐이다. 아니, 어쩌면 내가 경제학에 대해 완전히 무지한 것인지도 모른다. 여하튼 너무 따분하다. 사람은 원래가 인색한 존재여서 영원히 인색하다고 하는 전제가 아니면 전혀 성립되지 않는 학문이 경제학인데, 인색한 사람에게는 분배니 뭐니 전혀 흥미가 없다. 그런데도 나는 이 책을 읽고 다른 부분에서 묘한 흥미를 느꼈다. 가차없이 낡은 사상을 모조리 파괴해 가는 저자의 저돌적인 용기 때문이었다. 아무리 도덕에 어긋난다 할지라도 사랑하는 사람에게 태연하게 지체없이 달려가는 유부녀의 모습마저 떠오른다. 파괴 사상. 파괴는 애처롭고 슬프며 아름다운 행위다. 헐어 버리고 다시 세워서 이루고자 하는 꿈. 일단 파괴하면 이루어질 그날이 영원히 오지 않을지도 모르는데, 그래도 사모하기 때문에 반드시 헐어 버려야 한다. 혁명을 일으켜야 한다. 로자는 마르크시즘에 대해 일편단심의 슬픈 사랑을 하고 있다.

12년 전 겨울이었다.

"넌 사라시나 일기(更級日記 : 스가와라 다카스에의 딸이 지음. 13세부터 52세 무렵까지 적은 회상록. 이야기에 관한 동경과 꿈 이야기가 대부분임-역주)의 소녀 같아. 무슨 말을 해도 소용 없어."

그렇게 말하며 내게서 떠나간 친구. 그 당시 나는 레닌 책을 읽지 않고 돌려주었다.

"읽었니?"

"미안해. 읽지 않았어."

니콜라이 성당이 보이는 다리 위에서였다.

"왜? 어째서?"

그 친구는 나보다 한 치 정도 더 컸으며, 어학에 탁월한 소질이 있었고 빨간 베레모가 잘 어울리는, 얼굴도 모나리 자 같다는 평판이 자자할 정도로 아름다운 친구였다.

"표지 색상이 싫었어."

"엉뚱하기는. 그게 아니지? 진짜 이유는 내가 무서워진 거지?"

"무섭지 않아. 난 그저 표지 색상이 너무 싫었어."

"아, 그래."

쓸쓸하게 내뱉고는 나를 사라시나 일기에 비유하며 무슨 말을 해도 소용없는 아이라고 단정했다.

우리는 잠시 말없이 겨울 강을 내려다보았다.

"안녕. 만약 이것이 영원한 작별이라면, 영원히 안녕. 바이런(Byron: 1788~1824, 영국의 대표적 낭만파 시인-역주)."

친구는 바이런의 시구를 원문으로 재빨리 암송하고는 나를 살짝 포옹했다.

나는 부끄러워 미안하단 말을 건네고 오차노미즈お茶の水 역이 있는 곳으로 걸어가다 멈춰 서서 뒤돌아보았다. 그 친구는 다리 위에 선 채 꼼짝도 않고 나를 가만히 응시하고 있었다.

그 후로는 그 친구를 만나지 않았다. 같은 외국인 교사 집을 드나들었지만 학교가 달랐다.

그로부터 12년이란 세월이 흘렀건만 나는 아직도 사라시나 일기에서 벗어나질 못하고 있다. 도대체 나는 그동안 무얼 한 걸까. 혁명을 동경한 적도 없었고 사랑이 무언지조차 알지 못한다. 세상의 기성세대들은 지금까지 혁명과 사랑, 이 두 가지를 가장 어리석고 불길한 것으로 우리에게 가르쳤고, 전쟁 전에도 전쟁 중에도 우리는 그렇게만 알고 있었다. 패전 후 우리는 기성세대에게 배신감을 느끼게 되었고, 무엇이건 그네들이 내세우는 반대편에 진정한 삶의 길이 있는 듯하여 혁명도 사랑도 실은 이 세상에서 가장 좋고 먹음직하고 너무 좋은 것이다 보니 어른들은 심술궂게 아직 덜 익은 포도라는 말로 우리를 속인 게 틀림없다는 확신이 들었다. 난, 인간은 혁명과 사랑을 위해 태어난 것이라고 확신하고 싶다. 맹장지가 드르륵 열리더니 어머니가 고개를 내밀고 웃으셨다.

"아직 깨어 있었구나. 졸리지 않니?"

탁상시계를 보니 12시였다.

"네, 전혀 졸리지 않아요. 사회주의 책을 읽고 있으니 흥분되는걸요."

"그래? 술 없니? 그럴 땐 술을 마시면 잠이 잘 올 텐데."

날 놀리듯 말씀하시는 그 모습에서 데카당스한 요염함을 느낄 수 있었다.

마침내 10월이 되었건만 청명한 가을은 고사하고 장마철 같은 후텁지근하고 습한 날이 이어졌다. 그리고 어머니의 열도 변함없이 저녁 무렵이 되면 38도, 39도를 오르내렸다.

그러던 어느 날 아침, 나는 끔찍한 광경을 목도하고 말았다. 어머니 손이 부어 있었다. 아침밥이 가장 맛있다고 하시던 어머니도 요즘은 이부자리에 앉으셔서 소량의 죽한 그릇을 겨우 드시고 찬도 향이 강한 것은 물리셨다. 그날은 송이버섯 장국을 상에 올렸다. 역시 송이버섯 향조차 거북하셨던지 국그릇을 입에 대다 말고 상에 도로 내려놓으셨다. 그때 나는 어머니의 손을 보고 깜짝 놀랐다. 오른손이 퉁퉁 부어 있었다.

"어머니! 손 괜찮으세요?"

안색조차 약간 창백하고 부어 보였다.

"괜찮아. 이 정도쯤은 괜찮아."

"언제부터 그랬어요?"

어머니는 눈부신 듯한 표정을 지으시며 말없이 계셨다. 나는 목놓아 울고 싶었다. 보기 흉한 이런 손은 어머니 손이 아니다. 다른 사람의 손이다. 내 어머니 손은 한결 가늘고 자그마하다. 내가 익히 알고 있는 손, 부드러운 손, 사랑스런 손, 그 손은 영원히 사라져 버린 것일까? 왼손은 부기가 눈에 띄진 않았지만, 아무튼 애처로워 볼 수 없어서 눈을 돌려 도코노마(床の間 : 객실의 방바닥보다 한층 더 높게 만들어 벽에는 족자를 걸고 바닥에는 꽃꽂이 등을 놓아 장식하는 일본 특유의 가옥 구조-역주)에 놓인 꽃바구니를 노려보았다.

나오는 눈물을 참지 못하고 벌떡 일어나 식당으로 갔는데 나오지가 계란 반숙을 먹고 있었다. 가끔 집에 머무를 때가 있지만, 밤에는 으레 오사키 씨 가게로 가서 소주를 마시고 아침엔 죽을상을 해 가지고 밥은 입에 대지 않고 계란 반숙 네댓 개만 먹고는 다시 이층으로 올라가 자다 깨다 한다.

“어머니 손이 부었어.”

나오지에게 말을 건네려다 고개를 떨구었다. 계속 말을 잇지 못하고 고개를 떨군 채 어깨를 들썩이며 울었다.

나오지는 잠자코 있었다.

나는 고개를 들었다.

“이제 글렀어. 너 몰랐니? 저토록 부으면 이제 끝이야.”

나는 테이블 가장자리를 힘껏 붙잡으며 말했다.

“이제 때가 됐나 봐. 쳇, 일이 재미없게 돌아가는걸.”

“한 번 더 낫게 해 드리고 싶어. 어떻게 해서든 낫게 해 드리고 싶어.”

두 손을 꼭 쥐면서 말하는데 갑자기 나오지가 훌쩍거리기 시작했다.

“좋은 일이라곤 털끝만큼도 없어, 우리에게는 왜 나쁜 일만 생기지?”

나오지는 이렇게 말하며 주먹으로 마구 눈을 비벼댔다.

그날 나오지는 어머니의 병세를 와다 외숙께 알려 드리고 향후 대처 방안을 지시받기 위하여 상경했다. 나는 어머니 곁에 있을 때를 제외하고는 아침부터 밤까지 눈물이 마르지 않았다. 아침 안개를 헤치고 우유를 가지러 갈 때도, 거울을 보며 머리를 매만지면서도, 립스틱을 바르면서도 나는 울었다. 어머니와 함께한 행복한 날들의 이런저런 일들이 그림처럼 나의 가슴에 떠올라 눈물을 주체할 수 없었다. 해질 무렵, 땅거미가 내린 후 거실 베란다로 나가 한참을 울었다. 가을 밤하늘에는 별이 반짝이고 발치에는 남의 집 고양이가 웅크리고 앉아서 꼼짝하지 않았다.

다음날에는 손의 부기가 전날보다 더 심해졌다. 식사도 통 못하셨다. 감귤 주스도 입 안이 헐어 시려서 드시지 못했다.

"어머니, 다시 나오지의 그 마스크를 하시면 어때요?"

웃으면서 말하려고 했는데, 막상 말을 하다 보니 마음이 아파, 소리내어 울고 말았다.

"날마다 제대로 쉬지도 못하고 피곤하겠구나. 간호사에게 부탁하렴."

조용히 말씀하셨지만, 어머니 자신의 건강보다 내 몸을

걱정하시는 따뜻한 배려에 차 오르는 슬픔을 이기지 못하고 목욕탕으로 달려가 실컷 울었다.

오후에 나오지가 미야케 선생님과 간호사 두 명을 데리고 왔다.

항상 농담만 하시던 선생님도 이때는 심각하게 안방으로 들어와서는 곧장 진찰에 들어가셨다.

"허약해지셨습니다그려."

누구에게랄 것도 없이 나직이 한마디 하시고는 캠퍼주사(camphor 注射 : 캠퍼는 정제한 장뇌액으로 캠퍼주사는 쇠약한 혈관운동 신경을 자극시킬 목적으로 놓는다-역주)를 놓아 주셨다.

"선생님 숙소는?"

어머니는 잠꼬대하듯 말씀하셨다.

"나가오카에 다시 예약해 두었습니다. 괜한 마음 쓰지 마세요. 환자는 남의 일 따위에는 신경 쓰지 말고, 드시고 싶은 건 뭐든지 많이 드셔야 합니다. 영양을 섭취하면 나아집니다. 내일 다시 오도록 하죠. 간호사를 두고 갈 테니, 필요하면 부리십시오."

선생님은 병상에 누운 어머니를 향해 큰 소리로 말하고, 나오지에게 눈짓을 하며 일어섰다.

나오지 혼자서 선생님과 동행한 간호사를 배웅하고 돌아왔다. 나오지의 얼굴을 보니 울음을 꾹 참고 있는 기색이었다.

우리는 살며시 안방에서 나와 식당으로 갔다.

"가망이 없대? 그런 거구나?"

"그만해."

나오지는 입술을 일그러뜨리고 웃었다.

"갑자기 쇠약해지신 모양이야. 오늘내일 어떻게 될지 알 수 없다는군."

이렇게 말하는 나오지의 눈에서 눈물이 나왔다.

"여기저기 전보를 쳐야 하지 않을까?"

나는 오히려 침착해졌다.

"외숙과도 의논했지만 지금은 쉽사리 사람들이 모일 때가 아니래. 모인다 한들 집이 비좁아서 오히려 실례가 될 뿐이고, 이 근처에는 제대로 된 숙소도 없고 나가오카의 온천여관만 해도 우리가 방을 두세 개씩이나 예약할 형편도 안 되니, 그런 대단한 분들을 모실 힘이 없단 말씀이야. 외숙은 곧 올 테지만 그 작자는 원래부터 인색하여 아무 도움이 못 돼. 어젯밤만 해도 어머니의 병환은 아랑곳없고 잔소리만 늘어놓더군. 인색한 작자의 설교를 듣고 정신을 차렸다는 놈은 동서고금을 막론하고 한 명도 못 들어 봤어. 남매지간인데도 어머니와 숙부는 천양지차라니까. 딱 질색이야.”

“하지만 나는 어떻든지 간에 너는 앞으로 외숙밖에 의지할 곳이 없잖니?”

“딱 질색이야. 차라리 거지가 되는 게 낫지. 누나야말로 앞으로 외숙한테 잘 매달려 보시지.”

“나는……..”

눈물이 나왔다.

“난 갈 곳이 있거든.”

“혼담? 정해진 거야?”

“아니.”

“자립한단 말이야? 일하는 부인이라, 그만둬.”

“자립도 아냐. 난 말이야, 혁명가가 될 거야.”

“뭐?”

나오지는 나를 이상한 얼굴로 보았다.

그때 미야케 선생님이 데려온 간호사가 나를 부르러 나왔다.

“부인께서 찾으십니다.”

서둘러 방으로 가 이불 옆에 앉았다.

“말씀하세요.”

얼굴을 가까이 하고 물었다.

“물 드려요?”

힘없이 고개를 가로저으셨다. 물도 아닌 모양이다.

잠시 후 작은 목소리로 말씀하셨다.

“꿈을 꿨단다.”

“그래요? 어떤 꿈이었죠?”

“뱀 꿈.”

나는 흠칫 놀랐다.

“툇마루 디딤돌 위에 빨간 줄무늬 암뱀이 있을 거야. 한 번 보렴.”

나는 등골이 오싹해져 벌떡 일어나 툇마루로 나가 유리문 너머로 살펴보니, 디딤돌 위에 뱀이 가을볕을 쬐며 길게 몸을 늘이고 누워 있었다. 나는 어지러웠다.

‘나는 너를 알고 있다. 그때에 비하면 몸집이 조금 자라고 늙었지만 태운 뱀 알의 어미, 그 암뱀인 게야. 너의 복수를 이미 뼈저리게 느꼈으니, 어서 꺼져 버려. 냉큼 저쪽으로 가란 말이야.’

마음속으로 이렇게 바라며 그 뱀을 응시하고 있었지만 뱀은 도통 꿈쩍하지 않았다. 나는 왠지 그 뱀을 간호사에게 보이고 싶지 않았다. 뱀이 도망가도록 쿵하고 발을 힘껏 굴렀다. 그리고 일부러 큰 소리로 말했다.

"없는걸요, 어머니. 꿈 같은 건 맞지 않아요."

말하고 나서 언뜻 디딤돌 쪽을 보니 그제야 뱀이 몸을 움직여 느릿하게 돌 아래로 내려갔다.

이젠 글렀다는 생각이 그 뱀을 보고 난 후 가슴 밑바닥에서 솟아났다. 아버지가 눈을 감으실 때도 머리맡에 작고 까만 뱀이 있었다고 했으며, 나 역시 그때 뜰의 나무란 나무엔 온통 뱀이 감겨 있던 장면을 목격했었다.

어머니는 자리에서 일어나 앉을 기력마저 없어진 모양이다. 항상 꾸벅꾸벅 졸며 이젠 간호사에게 전적으로 의지해야 한다. 그리고 식사는 거의 못 하시는 상태였다. 나는 뱀을 본 후 슬픔의 바닥을 뚫고 나온 마음의 평안 같은, 행복감이랄 수 있는 마음의 여유가 생겼다. 이렇게 된 바에야 될 수 있는 한 어머니 곁에 있어 드려야겠다고 마음먹었다.

그리하여 그 다음날부터 어머니 머리맡에 바짝 다가앉아 뜨개질을 했다.

나는 뜨개질이든 바느질이든 남보다 빠르긴 해도 실수가 잦다. 그래서 어머니는 항상 그런 잘못된 부분을 일일이 손을 잡고 가르쳐 주셨다. 그날도 나는 별로 뜨개질 할 마음은 없었지만 어머니 곁에 계속 달라붙어 있어도 어색하지 않도록 모양새를 갖추기 위해 털실 상자를 꺼내어 여념 없이 뜨개질을 시작했다.

어머니는 나의 손놀림을 바라보시며 말씀하셨다.

"네 양말 뜨는 게지? 그러면 여덟 코는 더 늘려야 신을 때 조이지 않지."

나는 어린 시절 아무리 배워도 뜨개질 솜씨가 영 엉망이었는데, 그때처럼 허둥거리며 창피하고 그 시절이 그립기도 하고 아, 이제 이렇게 어머니께 배우는 것도 마지막이라는 생각이 드니 눈물이 앞을 가려 뜨개질감이 보이지 않았다.

이렇게 누워 계신 어머니를 보면 전혀 고통스러워 보이지 않았다. 식사는 오늘 아침부터 전혀 못 하시고 가제 수건에 차를 적셔 가끔 입술을 축여 드리는 정도지만, 의식은 뚜렷하여 나에게 편안하게 말을 건네셨다.

"신문에 폐하의 사진이 실렸던데 한 번 더 보여 주렴."

나는 사진이 실린 부분을 어머니의 얼굴 위로 펼쳐 드렸다.

"나이가 드셨구나."

“아녜요. 이건 사진이 잘못 나왔어요. 일전에 본 사진은 아주 젊고 기운이 넘쳐 보이던걸요. 오히려 이 시대를 반기고 계실 테죠.”

“왜?”

“그렇잖아요. 폐하도 이 참에 자유로워지신 거잖아요.”

어머닌 쓸쓸하게 웃으셨다. 그리고 잠시 후 말씀하셨다.

“울고 싶은데도 눈물이 더 이상 나오질 않아.”

나는 문득 어머니는 지금 행복한 게 아닐까 하는 생각이 들었다. 행복감이란 비애의 강바닥에 가라앉아 희미하게 빛을 발하고 있는 사금 같은 건 아닐까. 슬픔의 극을 지나서 느끼는 신기하고 희미한 빛, 그것이 행복감이라면 폐하, 어머니 그리고 나도 틀림없이 지금 행복하다. 평온한 가을 오전. 햇살이 포근한 가을 뜰. 나는 뜨개질감을 내려놓고 가슴 선에서 반짝이고 있는 바다를 바라보며 말했다.

“어머니. 저는 지금껏 세상 물정에 너무 어두웠나 봐요.”

더 하고 싶은 말이 있었지만 한쪽 구석에서 정맥주사를 준비하고 있는 간호사가 들을까 봐 창피해서 그만뒀다.

“지금껏이라니……?”

어머니는 살짝 미소를 머금고 캐물으셨다.

“그럼 지금은 그렇지 않다는 거니?”

나는 얼굴이 새빨개졌다.

"세상은 알 수 없어."

어머니는 얼굴을 돌리시고서 혼잣말처럼 작은 소리로 읊으셨다.

"세상은 알 수가 없어. 아는 사람이 과연 있을까? 세월이 아무리 흘러도 모두 아이란다. 아무것도 알지 못해."

하지만 나는 반드시 살아야만 한다. 어릴지는 몰라도 이제 응석만 부리고 있을 수 없게 되었다. 앞으로 세상과 싸워야만 한다. 아, 남들과 싸우지 않고 증오하지 않고 아름답고 슬프게 생애를 마감할 수 있는 사람은 어머니가 마지막으로, 앞으로는 세상에서 사라져 버리는 것이 아닐까. 죽어 가는 사람은 아름답다. 산다는 것. 살아 남는다는 것. 그건 몹시 추하고 피비린내 나는 추잡스런 것처럼 느껴진다. 나는 뱀이 새끼를 배고 구멍을 파는 모습을 상상해 보았다. 하지만 내겐 도저히 단념할 수 없는 게 있다. 천박스러워도 좋다. 나는 살아남아서 마음먹은 일을 이루기 위해 세상과 싸울 것이다. 어머니의 죽음이 점점 확실해지면서 로맨티시즘과 감상이 점차 사라지고 왠지 나 자신이 방심할 수 없는 약삭빠른 동물로 변해 가는 듯했다.

그날 오후 어머니 곁에서 입술을 적셔 드리고 있는데,

대문 앞에 자동차가 와서 멈췄다. 와다 외숙이 외숙모와 함께 자동차로 도쿄에서 달려와 준 것이다. 외숙이 안방으로 들어가 어머니 머리맡에 말없이 앉자 어머니는 손수건으로 자신의 얼굴을 반쯤 가리시고 외숙을 응시한 채 우셨다. 하지만 우는 표정만 지으셨을 뿐 눈물은 나오지 않았다. 인형 같은 느낌이 들었다.

"나오지는 어딨니?"

잠시 후 어머니는 나를 보고 말씀하셨다.

나는 이층으로 올라가 거실 소파에 드러누워 신간 잡지를 읽고 있는 나오지에게 어머니께서 찾으신다고 알렸다.

"어이구! 또 비극적인 현실과 대면해야 하나. 그대들은 용하게도 잘 참고 그곳에 버티고 계시는구려. 신경이 아둔해. 냉정한 사람들. 이내 몸은 참으로 괴로워. 진실로 마음은 원하되 육신이 연약하여 도저히 어머니 곁에 있을 기력이 없어."

이 같은 말을 늘어놓으면서 웃옷을 입고, 나와 함께 이층에서 내려왔다.

둘이 나란히 어머니 머리맡에 앉자, 어머니는 갑자기 이불 속에서 손을 꺼내 말없이 나오지를 가리키고 그러고 난후 나를 가리키더니, 외숙 쪽으로 얼굴을 돌리시고 양손을 맞잡았다.

외숙은 크게 고개를 끄덕이며 말했다.

"아, 알았어요. 알았어요."

어머니는 안심하신 듯 눈을 살며시 감고 손을 이불 속으로 가만히 들이셨다.

나도 울고 나오지도 고개를 떨군 채 오열했다.

마침 미야케 선생님도 나가오카에서 오셔서 우선 주사를 놓았다. 어머니는 외숙도 뵙고 하시어 더 이상의 미련도 없는지 선생님께 이제 쉬고 싶다고 말씀하셨다.

선생님과 외숙은 서로 마주 보고 아무 말이 없었다. 두 사람의 눈에는 눈물이 맺혔다.

나는 식당으로 가 외숙이 좋아하시는 유부우동을 선생님과 나오지, 외숙모까지 4인분을 만들어 응접실로 가지고 갔다. 그리고 외숙께서 가져오신 마루노우치丸の 호텔의 샌드위치를 어머니께 보여 드리고 머리맡에 놓았다.

"네가 고생이 많구나."

어머니는 나직이 말씀하셨다.

응접실에서 모두가 잠깐 이런저런 얘길 나누었다. 외숙 내외는 용무가 있어 오늘 밤 아무래도 도쿄로 돌아가야 한다며 나에게 병문안 명목의 돈 봉투를 건네주셨다. 미야케

선생님도 간호사와 함께 돌아가기로 하시고, 남아 있는 간호사에게 이런저런 대비책을 일러 주셨다. 여하튼 아직 의식이 분명하고 심장도 그리 심한 정도는 아니므로 주사만으로도 네댓새는 괜찮을 거라 보고 그날 일단 모두 자동차로 상경했다.

모두를 배웅하고 방에 들어서니 어머니가 나에게만 지어 보이시는 친근한 웃음을 띠셨다.

"정신없었지?"

어머니는 속삭이듯 또 나를 위로하셨다. 그 얼굴은 생기가 가득하여 도리어 빛이 났다. 외숙을 뵐 수 있어서 기쁘셨나 보다.

"아뇨."

나도 다소 마음이 설레어 빙긋 웃었다.

그리고 이것이 어머니와의 마지막 대화였다.

그로부터 세 시간 남짓 지난 후 어머니는 돌아가셨다. 한적한 가을날 해질 무렵 간호사가 맥을 짚어 보았다. 나오지와 나, 단 두 사람의 혈육이 지켜보는 가운데 일본 최후의 귀부인이셨던 아름다운 어머니가 돌아가셨다.

돌아가신 얼굴은 거의 변화가 없었다. 아버지의 경우는 금방 낯빛이 변했지만 어머니의 낯빛은 그대로였고 숨만 쉬지 않으셨다. 숨도 언제 끊어졌는지 모를 정도였다. 얼굴 부기도 전날보다 빠지기 시작해 뺨이 밀랍처럼 매끈매끈하고 얇은 입술이 살며시 미소를 머금고 있어 생전의 어머니보다 아리따웠다. 나는 어머니의 모습에서 피에타의 마리아(피에타는 기독교 예술로서 십자가에 매달려 죽은 예수를 마리아가 무릎 위에 안고 애도하는 그림. 피에타는 이탈리아어로 슬픔을 뜻한다.-역주)를 떠올렸다.

6

전투 개시.

언제까지고 슬픔에 잠겨 있을 수 없었다. 나에게는 반드시 쟁취해야 할 것이 있었다. 새로운 윤리. 아니 그렇게 말하는 건 위선이다. 사랑이다. 그뿐이다. 로자가 새로운 경제학에 의지하지 않고는 살아갈 수 없었듯이 나는 지금 사랑 하나에 매달리지 않고는 살아갈 수 없다. 예수님이 이 세상의 종교가, 도덕가, 학자, 권위자의 위선을 들추고 신神의 진정한 사랑을 아무런 주저함 없이 있는 그대로 사람들에게 전파하기 위해 12제자를 각지로 파견하기에 앞서 제

자들에게 지시하신 말씀은 지금의 내 경우에도 무관하지 않은 듯했다.

너희 전대纏帶에 금이나 은이나 동이나 가지지 말고 여행을 위하여 주머니나 두 벌 옷이나 신이나 지팡이를 가지지 말라. 보라, 내가 너희를 보냄이 양을 이리 가운데 보냄과 같도다. 그러므로 너희는 뱀같이 지혜롭고 비둘기같이 순결하라. 사람들을 삼가라. 저희를 공회에 넘겨주겠고 저희 회당에서 채찍질하리라. 또 너희가 나로 인하여 총독들과 임금들 앞에 끌려가리라. 너희를 넘겨줄 때에 어떻게 또는 무엇을 말할까 염려치 말라. 그때에 무슨 말할 것을 주시리니. 말하는 이는 너희가 아니라 나의 속에서 말씀하시는 자 곧 너희 아버지의 성령聖靈이시니라. 또 너희가 내 이름으로 인하여 모든 사람에게 미움을 받을 것이나 나중까지 견디는 자는 구원을 얻으리라. 이 동네에서 너희를 핍박하거든 저 동네로 피하라. 내가 진실로 너희에게 이르노니, 이스라엘의 모든 동네를 다 다니지 못하여서 인자人子가 오리라.

몸은 죽여도 영혼은 능히 죽이지 못하는 자들을 두려워하지 말고 오직 몸과 영혼을 능히 지옥에 멸하시는 자를 두려워하라. 내가 세상에 화평을 주러 온 줄로 생각지 말라.

화평이 아니요 검을 주러 왔노라. 내가 온 것은 사람이 그 아비와, 딸이 어미와, 며느리가 시어미와 불화하게 하려 함이니. 사람의 원수가 자기 집안 식구리라. 아비나 어미를 나보다 더 사랑하는 자는 내게 합당치 아니하고 아들이나 딸을 나보다 더 사랑하는 자도 내게 합당치 아니하고 또 자기 십자가를 지고 나를 좇지 않는 자도 내게 합당치 아니하리라. 자기 목숨을 얻는 자는 잃을 것이요, 나를 위하여 자기 목숨을 잃는 자는 얻으리라(마태복음 10장 9~10절, 16~20절, 22, 23절, 28절, 34~39절-역주).

전투 개시.

만일 내가 사랑 때문에 예수님의 이 말씀을 그대로 지키겠다고 맹세한다면 예수님은 나를 책망하실까? 왜 '연애'는 안 되고 '사랑'은 되는 걸까. 알 수 없다. 매한가지 아닌가. 뭐가 뭔지 알 수 없는 사랑, 연애 그리고 그 슬픔을 위해 몸과 영혼을 지옥에까지 내던질 수 있는 자. 아아 내가 바로 그런 사람이라고 우기고 싶다.

외숙의 도움으로 어머니의 장례식을 우선 이즈에서 집안끼리 조촐하게 치르고 본장은 도쿄에서 치렀다. 나오지와 나는 이즈 산장에서 얼굴을 대면해도 까닭 모를 서먹함에 말없이 지냈다. 나오지는 출판 자금 명목으로 어머니의 보석류를 전부 가져다가 도쿄에서 진탕 퍼마시고는 중환자나 다름없는 창백한 얼굴로 맥없이 산장으로 돌아와 자곤 했다. 어느 날 댄서로 보이는 젊은 여자를 데리고 왔는데, 나오지도 상당히 어색해 하는 기색이었다.

"오늘 나 도쿄에 다녀와도 되겠니? 오랜만에 친구나 만나러 갈까 하는데. 이삼 일 정도 걸릴 테니 네가 집 좀 봐. 식사는 저분께 부탁하면 되겠네."

나는 나오지의 약점을 즉각 잡아 이용하며 뱀처럼 지혜롭게 가방에 화장품과 빵 등을 챙겨 넣고는 지극히 자연스럽게 그 사람을 만나러 상경할 수 있었다.

도쿄 교외의 국철 오기쿠보荻窪 역 북쪽 출구에서 내리면 그 사람이 대전大戰 후 새로 마련한 거처까지 20분 정도면 도착할 수 있다는 얘기를 전에 나오지한테 언뜻 들어 알고 있었다.

늦가을의 찬바람이 강하게 부는 날이었다. 오기쿠보 역에 내릴 무렵에는 이미 사방이 어둑어둑했다. 나는 행인을 붙잡고 그 사람의 집 주소가 어디쯤인지 물어 물어서 한 시간 남짓 교외의 캄캄한 거리를 헤매었다. 너무나 두려워 눈물이 흘렀다. 그러다 엎친 데 덮친 격으로, 자갈길 돌

부리에 걸려 게다 끈이 끊어지는 바람에 어찌할 바를 몰라 꼼짝 않고 서 있는데, 오른쪽 두 채의 연립주택 가운데 한 집의 문패가 어둠 속에서도 어렴풋이 하얗게 눈에 띄면서 거기에 우에하라라고 적혀 있는 듯했다. 한쪽 발은 버선발인 채, 그 집 대문으로 달려가 그 문패를 다시 자세히 보니, 분명 우에하라 지로라고 적혀 있었다. 하지만 집 안은 캄캄했다.

어쩔 바를 몰라 순간 꼼짝 않고 섰다가, 몸을 내던지는 심정으로 현관 격자문에 바짝 기대어 양손으로 문을 더듬으며 말했다.

"실례합니다."

"우에하라 씨!"

작은 소리로 속삭여 보았다.

안에서 대답을 했지만 그건 여자의 목소리였다.

현관문이 열렸다. 고전적인 아담한 체구에 나보다 서너 살쯤 연상으로 보이는 여자가 웃으며 나를 맞았다.

"누구십니까?"

그렇게 묻는 그녀의 말투에는 아무런 악의도 경계도 묻어나지 않았다.

"아뇨, 저어."

나는 미처 이름을 밝히지 못했다. 이 사람에게만은 나의 사랑도 이상하게 떳떳하지 못했다. 주저주저 거의 비굴한 태도로 입을 떼었다.

"선생님은? 안 계신가요?"

"예."

나를 측은하게 바라보며 말했다.

"하지만, 행선지는 대개……."

"멀리?"

"아뇨."

그녀는 우스운 듯 한쪽 손으로 입을 가리고 말했다.

"오기쿠보예요. 역 앞에 위치한 시라이시白石라는 오뎅 가게에 가시면 대개 행선지를 아시게 될 거예요."

"아, 그래요."

나는 날아갈 듯 기뻤다.

"저런, 신발이."

나는 부인의 권유로 집 안으로 들어가 마루에 앉았다. 게다 끈이 끊어졌을 때에 손쉽게 꿰맬 수 있는 가죽끈을 부인한테 얻어 게다를 손보았고, 그동안에 부인은 현관에 서서 촛불을 밝혀 주었다.

"공교롭게도 전구 두 개가 다 나가 버렸지 뭐예요. 요즘 전구는 엄청나게 비싸기만 하고 잘 나가 버리니 못쓰겠어요. 주인양반보고 사 달라면 되는데 어젯밤에도 그제 밤에도 돌아오지 않아 사흘 밤을 무일푼으로 일찍 잠자리에 들고 있는 형편이랍니다."

부인은 참으로 태평스런 웃음을 띠며 이런 애길 아무렇지도 않게 한다. 부인 뒤에는 열두세 살 정도의 나이에 눈이 커다랗고 사람을 전혀 따를 것 같지 않은 여윈 여자애가 서 있었다.

적敵. 내 생각은 아니지만 언젠가 부인과 여자아이는 나를 적으로 여기고 틀림없이 증오할 것이다. 이걸 생각하니 나의 사랑도 삽시간에 물거품이 되어 날아가는 느낌이었다. 게다 끈을 갈아 끼우고 일어나 손에 묻은 먼지를 양손으로 탁탁 터는데 맹렬하게 엄습해 오는 쓸쓸한 기분에 휩싸여, 순간 방으로 달려 올라가 깜깜한 방 안에서 부인의 손이라도 부여잡고 울고 싶은 생각이 강하게 일었지만, 갑자기 그 후의 뻔뻔스럽고 형용할 수 없는 내 모습을 상상하고 그만두었다.

"감사합니다."

과장되다 싶을 정도로 정중하게 절을 하고 밖으로 나왔다. 찬바람을 맞으며 투쟁, 개시, 사랑한다, 좋아한다, 그립다, 진정 사랑한다, 진정 좋아한다, 사무치게 사모한다, 그립기 때문에 어쩔 수 없다, 저 부인은 분명 보기 드문 호인이다. 저 따님도 어여쁘다. 하지만 신의 심판대에 세워진다 할지라도 나는 조금도 거리낌이 없다. 인간은 사랑과 혁명을 위해 태어난 존재다. 신도 벌하실 리 없다. 나는 한 점 부끄럼도 없다. 진정 좋아하기 때문에 당당하다. 그 사람을 만날 때까지 이틀 밤, 사흘 밤 노숙을 해서라도 기어이 만날 것이다.

역전驛前의 시라이시 오뎅가게는 금방 찾을 수 있었다. 하지만 그분은 없었다.

"틀림없이 아사가야阿佐ヶ谷일 겁니다. 아사가야 역 북쪽 출구에서 곧장 150미터 정도 가시면 철물점이 있습죠. 거기서 우회전해서 50미터쯤 들어가면 야나기야柳や라는 식당이 있을 겁니다. 요즘 선생님은 야나기야의 오스테 씨와 불이 붙어서 아예 죽치고 있습죠. 어쩔질 못해요."

역으로 가서 표를 사 도쿄행行 국철을 타고 아사가야에서 내렸다. 북쪽 출구에서 약 150미터 직진, 철물점에서 우회전해서 50미터인 지점에 위치한 야나기야는 쥐죽은 듯 조용했다.

"방금 돌아가셨습니다. 여럿이서 지금부터 니시오기西荻

에 있는 치도리千鳥에서 밤새도록 마신다더군요.”

나보다 젊고 차분하며 품위 있고 친절한 이 분이 바로 그 풍문의 오스테 씨일까?

“치도리? 니시오기의 어디쯤이죠?”

불안함에 눈물이 나오려 했다. 지금 내가 제정신이 아닌 것 같았다.

“저도 잘은 모릅니다만 니시오기 역에서 내려 남쪽 출구에서 왼쪽으로 들어간 곳이라고 한 것 같은데, 아무튼 파출소에 물어보면 알 수 있지 않을까요? 어차피 여러 군데를 들러야 성이 풀리는 사람인지라 치도리에 가기 전에 어디선가 한잔 걸치고 있을지도 모르겠군요.”

“치도리로 가 보겠습니다. 안녕히 계세요.”

다시 되돌아가 아사가야에서 국철 다치가와행을 타고 오기쿠보의 니시오기쿠보 역 남쪽 출구에서 내렸다. 찬바람 속을 서성이다 파출소를 발견하고는 치도리 위치를 물어보았다. 파출소에서 일러준 대로 밤길을 뛰다시피 헤매다가, ‘치도리’라고 적힌 푸른빛의 등롱(燈籠 : 등불을 켜서 어두운 곳을 밝히는 기구. 대나무, 금속, 돌, 목재로 제조함-역주)을 발견하고는 서슴없이 출입문을 열었다.

봉당(안방과 건넌방 사이의 마루가 될 자리를 흙바닥 그대로 둔 곳-역주)이 있었고, 그리고 바로 다다미 여섯 장짜리 방이 있는데, 담배연기가 자욱했다. 그곳에서 열 명가량이 큰 상을 에워싸고 시끌벅적 꽤 소란스런 술판을 벌이고 있었다. 나보다 젊어 보이는 아가씨 셋도 섞여서 담배를 피우고 술을 마시고 있었다.

나는 봉당에 서서 죽 훑어보다가 그를 찾아냈다. 마치 꿈만 같았다. 아니었다. 6년. 이미 전혀 다른 사람이 되어 있었다.

이것이 바로 나의 무지개, M.C., 내 생의 보람, 그 사람이란 말인가. 6년. 쑥대머리는 옛날 그대로지만 처량하게도 숱이 줄어든 머리는 불그스름하게 탈색이 되었고, 누렇게 뜬 얼굴, 눈가가 벌겋게 짓물러 있고, 앞니가 빠져 끊임없이 입을 오물오물거리고 있는데, 한 마리의 늙은 원숭이가 등을 구부리고 방 한쪽 구석에 앉아 있는 느낌이었다.

아가씨 한 명이 나의 존재를 알아채고는 눈짓으로 우에하라 씨에게 나의 존재를 알렸다. 그 사람은 앉은 채 길쭉한 목을 내밀어 내 쪽을 보더니, 무표정한 얼굴로 들어오라고 턱짓을 했다. 좌중은 나란 존재에 관심이 없는 듯 계속 와글와글 떠들면서도 조금씩 자리를 좁혀서 우에하라 씨 바로 옆에 내 자리를 마련해 주었다.

나는 조용히 앉았다. 우에하라 씨는 내 잔에 넘치도록 술을 가득 채우고 자신의 잔에도 따른 뒤 잔을 들었다.

"건배."

쉰 목소리로 낮게 말했다.

두 개의 잔이 힘없이 부딪쳐 쨍그랑 하는 서글픈 소리를 냈다.

기로틴, 기로틴, 슈르슈르슈 하고 누군가가 말하자 그것에 호응하여 또 한 명이 기로틴, 기로틴, 슈르슈르슈 하고 말하며 소리 높여 잔을 부딪치고는 사정없이 들이붓는다. 기로틴, 기로틴, 슈르슈르슈, 기로틴, 기로틴, 슈르슈르슈, 여기저기서 괴상한 노래를 부르며 분주히 잔을 부딪치며 건배를 한다. 얼토당토않은 리듬으로 흥을 돋워 무리하게 술을 마시고 있는 모습들이었다.

"그럼 이만 실례."

이렇게 말하며 비틀거리며 돌아가는 사람이 있는가 하면, 새로운 손님이 어슬렁어슬렁 들어와서는 우에하라 씨에게 잠깐 고개 정도만 숙여 인사하고는 좌중에 끼어든다.

"우에하라 씨, 그 부분 있잖습니까, 우에하라 씨, 바로 그 부분, '아아아' 하는 부분 말입니다. 그걸 어떤 식으로 표현해야 합니까? '아·아·아'입니까, 아니면 '아아·아'가

맞습니까?"

몸을 앞으로 내밀고 묻는 사람은, 분명 나도 무대에서 본 적 있는 신극 배우 후지타藤田였다.

"아아·아다, '아아·아, 치도리의 술값은 비싸기도 하지' 하는 식이지."

우에하라 씨가 입을 열었다.

"또 돈타령이군."

아가씨가 되받는다.

"참새 두 마리에 일 전錢이라면 그건 비싼 건가요, 싼 건가요?"

젊은 신사가 물어본다.

"'호리(毫釐 : 자와 저울눈의 호와 이. 매우 적은 분량을 의미함-역주)라도 남김없이 다 갚기 전에는'이란 말이 있고, 한 사람에겐 금 다섯 달란트를, 한 사람에겐 금 두 달란트를, 한 사람에겐 금 한 달란트 같은 까다로운 비유를 보아도 예수도 계산에는 꽤나 꼼꼼하셨나 봐."

다른 신사의 말이다.

"게다가 그 양반 술꾼이었어. 이상하게 성경에 술 비유가 많다 싶었는데, 아니나 다를까 '보라, 술을 즐기는 자'라고 비난받았다고 성경에 기록되어 있거든. 술을 마시는 자가 아니라 즐기는 자라고 했으니, 어지간한 술꾼이었음이 분명해. 되로 마셨을 거야."

또 다른 신사의 말이다.

"그만, 그만. 아아·아, 그대들은 도덕이 무서워 벌벌 떨며 예수를 핑계삼으려 하는도다. 치에! 마시자구. 기로틴, 기로틴, 슈르슈르슈."

우에하라 씨는 말을 끝내고 가장 젊고 어여쁜 아가씨와 힘껏 잔을 부딪치고 꿀꺽 마셨다. 술이 입가로 흘러내려 턱이 젖자, 그것을 아무렇게나 난폭하게 손바닥으로 훔치고는 재채기를 요란스럽게 대여섯 번 연달아 했다.

나는 살며시 일어나 옆방으로 갔다. 병자처럼 창백하고 초췌한 모습을 한 여주인에게 화장실이 어디냐고 물어 볼일을 마치고 다시 그 방을 지나려고 하는데, 아까 우에하라 씨가 치에라고 부르던 가장 예쁘고 어린 아가씨가 나를 기다렸다는 듯이 서 있었다.

"시장하지 않으세요?"

상냥한 미소로 물었다.

"네. 하지만 빵을 가져와서 괜찮아요."

"아무것도 없지만,"

병자 같은 여주인은 나른한 듯 다리를 비스듬히 풀고 앉아 화롯불에 기댄 채 말했다.

"이 방에서 식사를 하세요. 저런 술고래들을 상대하다간 밤새 아무것도 드시지 못할 거예요. 여기 앉으세요. 치에씨도 함께."

"이봐, 기누, 술이 없어."

한 신사가 소리쳤다.

"예, 예."

대답하는 소리와 함께 기누라는 삼십 세 안팎의 세련된 줄무늬 기모노를 입은 하녀가 쟁반에 술을 열 병가량 얹어 주방에서 나왔다.

"이보게."

여주인이 불러 세웠다.

"여기도 두 병."

웃으면서 부탁을 했다.

"그리고 말이야, 기누. 미안하지만 뒷집 스즈야네 가서 우동 두 그릇 빨리 갖다 달라고 해."

나와 치에짱은 나란히 화덕 가에 앉아서 손을 쬐었다.

"방석이라도 깔고 앉으세요. 날씨가 추워졌죠. 마시겠어요?"

여주인은 자기 찻잔에 술을 따르고 나서 다른 두 개의

찻잔에도 술을 따랐다.

우리 셋은 묵묵히 술을 마셨다.

"모두 술이 어찌나 센지."

여주인은 왠지 숙연하게 말했다.

덜커덩하고 출입문 열리는 소리가 들렸다.

"선생님, 가져왔습니다."

젊은 사내의 목소리가 들렸다.

"워낙 우리 사장님이 돈에 야문 분이라서, 2만 엔을 요구했습니다만, 겨우 1만 엔밖에 못 가져왔습니다."

"수표인가?"

우에하라 씨의 쉰 목소리가 들렸다.

"아뇨, 현금입니다. 죄송합니다."

"됐어. 영수증을 쓰겠네."

기로틴, 기로틴, 슈르슈르슈, 건배의 노래가 연신 좌중에 이어지고 있었다.

"나오 씨는?"

여주인이 진지한 표정으로 치에짱에게 물었다. 나는 가슴이 철렁했다.

"몰라요. 제가 뭐 나오 씨를 지키는 사람인가요."

치에짱은 당황해 하며 사랑스럽게 얼굴을 붉혔다.

"요즘 우에하라 씨와 무슨 일이 있었던 건 아냐? 늘 함께 꼭 붙어 다녔는데."

여주인은 차분하게 말했다.

"춤을 좋아하게 됐다나 봐요. 댄서 애인이라도 생겼나 보죠."

"나오 씨는 말이야, 술에다 또 여자까지. 꼴이 우습게 되었군."

"선생님이 가르치신 걸요."

"하지만 나오지 씨가 더 질이 나빠. 저런 철부지 퇴물은……."

"저어."

나는 미소를 머금고 끼어들었다. 잠자코 있다가는 오히려 두 사람한테 실례가 될 것 같았다.

"저, 나오지 누이예요."

여주인은 놀란 듯 내 얼굴을 다시 유심히 보았지만, 치에짱은 태연하게 말했다.

"얼굴이 자못 닮았어요. 조금 전 어둑한 봉당에 서 계신 모습을 보고 퍼뜩 나오지 씨가 떠올랐어요."

"그러시군요."

여주인은 말투를 바꾸었다.

"이런 누추한 델 찾아 주시다니 황송합니다. 그런데 우에하라 씨완 전부터……?"

"네, 6년 전에 뵙고는……."

말을 머뭇거리며 고개를 떨구었다. 눈물이 쏟아질 것 같았다.

"오래 기다리셨습니다."

식모가 우동을 가져왔다.

"식기 전에 드세요."

"잘 먹겠습니다."

우동의 뜨거운 김에 얼굴을 묻고 후루룩거리며 먹으니, 지금이야말로 삶의 극한 쓸쓸함을 맛보고 있다는 기분이 들었다.

기로틴, 기로틴, 슈르슈르슈, 기로틴, 기로틴, 슈르슈르슈 하고 낮게 읊조리면서 우에하라 씨가 우리 방으로 들어왔다. 그는 내 옆에 책상다리를 하고 앉아 말없이 여주인에게 커다란 봉투를 건넨다.

"이것으로 나머지를 얼렁뚱땅 그냥 넘기시면 곤란합니다."

여주인은 봉투 안을 보지도 않고 화덕 서랍에 집어넣고 웃으며 말했다.

"가져올 거야. 나머진 내년에."

"그럼 그렇지."

일만 엔이면 전구 몇 개를 살 수 있을까? 나도 그 돈만 있으면 한 해는 편안히 지낼 수 있다.

아아, 이 사람들은 뭔가 단단히 잘못된 거다. 하지만 이 사람들도 내 사랑의 경우와 마찬가지로 이렇게라도 하지 않으면 살아갈 수 없을지도 모른다. 이 세상에 태어난 이상 어떻게 해서든 끝까지 살아야만 한다면, 이 사람들의 끝까지 살아남기 위한 모습도 증오할 수는 없지 않은가. 산다는 것, 산다는 것. 아아, 어쩌면 이렇게 힘들고 숨 막히는 걸까.

"어쨌든 말이죠."

옆방 신사가 말했다.

"앞으로 도쿄에서 살아가자면 말이지, 입에 발린 경박하기 그지없는 인사를 천연덕스럽게 내뱉어야만 해. 지금의 우리에게 중후하다느니, 성실하다느니, 그런 미덕을 요구한다는 건, 목매단 사람의 발을 잡아당기는 격이지. 중후, 성실? 개에게나 줘 버려. 죽이는 거나 마찬가지지. 만약 알랑거리며 인사를 못하겠다면 딱 세 가지 길밖에 없지. 그건 귀농歸農, 자살 그리고 기둥서방."

"그 중 한 가지도 못하는 처량한 놈을 위한 그나마 유일한 최후의 수단."

다른 신사가 말했다.

"우에하라에게 빈대 붙어 실컷 퍼마시기."

기로틴, 기로틴, 슈르슈르슈, 기로틴, 기로틴, 슈르슈르슈.

"잘 곳이 없을 것 같은데."

우에하라 씨는 낮게 혼잣말을 했다.

"저요?"

나는 스스로에게 목을 쳐든 뱀을 의식했다. 적의敵意. 그와 흡사한 감정에 긴장을 했다.

"혼숙混宿을 할 수 있을까? 추울 텐데."

우에하라 씨는 나의 노여움에 개의치 않고 중얼거렸다.

"당연히 무리예요."

여주인이 끼어들었다.

"딱하잖아요."

쳇, 우에하라 씨는 혀를 찼다.

"그러면 이런 델 오면 안 되지."

나는 잠자코 있었다. 이 사람은 분명 나의 편지를 읽었다. 누구보다도 나를 사랑하고 있음을 말하는 분위기에서 금방 알아차렸다.

"어쩔 수 없군. 후쿠이福井 씨 댁에라도 부탁해 볼까나. 치에짱, 좀 데려다 주겠나? 아냐, 여자들만 가면 밤길이라 위험해. 성가시게 하는군. 아주머니, 이 사람 신발을 몰래 부엌 쪽으로 갖다 주겠소. 내가 데려다 주고 올 테니."

밖은 밤이 깊었다. 바람은 다소 누그러졌고 밤하늘에 수많은 별들이 반짝이고 있었다. 우리는 나란히 걸어갔다.

"저 혼숙이라도 상관없어요."

"응."

우에하라 씨는 졸리는 목소리로 짧게 대답했다.

"둘이서만 있고 싶었던 거죠, 그렇죠?"

내가 말하면서 웃었다.

"이래서 싫다니까."

우에하라 씨는 입을 일그러뜨리며 웃었다. 나 자신이 매우 귀염받고 있다는 사실을 피부로 절실히 느꼈다.

"술을 상당히 드시는군요. 매일 밤인가요?"

"그럼, 날마다. 아침부터."

"술이 맛있어요?"

"형편없어."

그렇게 말하는 우에하라 씨의 목소리에 나는 왠지 오싹했다.

“일은?”

“안 좋아. 무얼 써도 시시하단 말이야. 그리고 그냥 괜스레 못 견디게 슬퍼. 생명의 황혼. 예술의 황혼, 인류의 황혼. 이것도 거슬리네.”

“유트릴로(Utrilo : 1883~1955, 프랑스 화가. 인상주의를 바탕으로 한 독특한 화풍으로 파리 서민층의 풍경을 화폭에 담음-역주)”

나는 거의 무의식중에 그 말을 했다.

“아아, 유트릴로. 아직 살아 있나 보더군. 알코올의 망자亡者. 송장이야. 최근 십 년 사이 그 작자의 그림은 상당히 저속해졌어. 다 절망적이야.”

“유트릴로만 그렇다고는 볼 수 없죠. 다른 거장들도 전부……”

“그렇지. 쇠약해졌지. 그러나 새싹도 채 싹을 피우지도 못하고 쇠약해져 버렸어. 서리霜. 프로스트. 전세계에 때 아닌 서리가 내린 듯하군.”

우에하라 씨가 내 어깨를 가볍게 감쌌다. 그러자 나는 우에하라 씨의 망토 소매에 폭 싸인 꼴이 되었지만 거부하지 않고 오히려 바짝 달라붙어 천천히 걸었다.

가로수 나뭇가지. 잎새 한 장 붙어 있지 않은 앙상한 가지가 가늘고 날렵하게 밤하늘로 뻗어 있었다.

"나뭇가지는 아름다운 거군요."

무심코 혼잣말처럼 내뱉었다.

"음, 꽃과 새까만 가지의 조화가?"

적이 당황한 투로 말했다.

"아뇨, 꽃도 잎사귀도 싹도 아무것도 붙어 있지 않은 이런 가지가 좋아요. 이래 봬도 틀림없이 살아 있잖아요. 마른 가지와는 달라요."

"자연만은 쇠약하지 않는단 말이지."

그렇게 말하고 심한 재채기를 몇 번이고 계속했다.

"고뿔에 걸리신 거 아녜요?"

"아니, 아니, 그게 아니고 실은 말이야, 나의 기벽_{奇癖}이라고 할 수 있지. 취기가 포화 상태에 도달하면 곧장 이런 식으로 재채기를 하지. 취기의 바로미터인 셈이야."

"연인은?"

"뭐?"

"혹시 사랑하는 누군가가 있어요? 포화 상태에 도달한 분이?"

"사람을 놀리면 못써. 여자는 똑같아. 뭐가 그리 복잡한지. 기로틴, 기로틴, 슈르슈르슈, 실은 한 사람 아니 반 토

막 사람이 있지."

"제 편지 보셨어요?"

"응."

"답장은?"

"난 귀족은 싫어. 왠지 어딘가 모르게 역겨운 오만한 구석이 있거든. 당신 동생인 나오지도 귀족치고는 상당히 괜찮은 남자지만 가끔 불쑥 도저히 상대하고 싶지 않은 건방진 구석이 보여. 소인은 시골 평민의 아들이라 이런 냇가를 지날 때면 자연히 어릴 적 고향 냇가에서 붕어를 낚던 일, 송사리를 건져 내던 기억에 대한 그리움에 사무치곤 하지."

어둠 속에서 순하게 흐르는 내를 따라 우리는 걸었다.

"하지만 당신네 귀족들은 그런 우리네 감상을 절대 이해할 수 없을뿐더러 경멸해."

"투르게네프(Turgenev : 1818~1883, 러시아 소설가. 귀족의 자녀로 태어남-역주)는?"

"그 녀석은 귀족이라서 싫어."

"하지만 『사냥꾼의 수기』는……."

"응, 그 작품만은 높이 살 만하지."

"그 작품은 농촌 생활의 감상……."

"그 녀석은 시골 귀족이다. 이쯤에서 타협할까?"

“저도 지금은 시골 사람인걸요. 밭을 일구고 산답니다. 가난한 시골 사람.”

“여전히 나를 좋아하는가?”

거친 말투였다.

“내 아이를 원하나?”

나는 대답하지 않았다.

바위가 떨어지는 듯한 세찬 기세로 그가 다가와, 내게 마구 키스를 해 댔다. 성욕이 묻어나는 키스였다. 나는 키스에 응하며 눈물을 흘렸다. 굴욕의, 분통해서 흘리는 씁쓰름한 눈물이었다. 눈물은 하염없이 흘러내렸다.

다시 가던 길을 나란히 걸어갔다.

“이걸 어째, 반해 버렸어.”

그는 그렇게 말하며 웃었다.

하지만 나는 웃을 수가 없었다. 눈살을 찌푸리며 입을 오므렸다.

어쩔 수 없다.

굳이 말로 표현한다면 그런 느낌이었다. 나는 그제야 게다를 질질 끌며 처량하게 걷고 있는 나 자신을 발견했다.

“이걸 어째.”

그는 다시 말했다.

"갈 데까지 가 볼까?"

"듣기 거북해요."

"고 녀석."

우에하라 씨는 내 어깨를 툭하고 주먹으로 치더니 다시 요란하게 재채기를 했다.

후쿠이 씨란 분 댁은 이미 한밤중이었다.

"전보, 전보, 후쿠이 씨! 전보 왔어요."

우에하라 씨는 크게 외치며 대문을 두드렸다.

"우에하라 자넨가?"

집 안에서 남자 목소리가 들려왔다.

"빙고! 왕자님과 공주님이 하룻밤 신세 지려고 왔다네. 아무래도 이런 추위엔 재채기만 나오고, 모처럼의 애정 행각도 우스운 꼴이 되지 않겠나."

현관문이 안에서 열렸다. 나이가 들어 보이는, 쉰은 족히 넘겼을 법한 대머리의 왜소한 아저씨가 멋있는 잠옷을 입고 어색하고 수줍은 미소로 우리를 맞았다.

"신세 좀 지겠네."

우에하라 씨는 한 마디 하고는 망토도 벗지 않고 곧장 집 안으로 들어갔다.

"아틀리에는 추워서 안 돼. 이층을 빌리세. 이리 오지."

　내 손을 잡고 복도를 지나 막다른 곳의 계단을 올라가서
는 어두운 방으로 들어갔다. 방구석의 스위치를 눌렀다.

　“근사한 요릿집의 실내 같군요.”

　“응, 벼락부자 취미지. 하지만 저런 풋내기 화가한테는
분에 겨워. 악운이 강해 재앙도 비켜 간다니까. 실컷 이용
해 먹어야지. 어서어서 자라구.”

　자기 집인 양, 맘대로 옷장을 열고 이부자리를 폈다.

　“여기서 자게나. 난 돌아가지. 내일 아침 데리러 오겠네.
화장실은 계단을 내려가서 바로 오른쪽이야.”

　계단을 우당탕퉁탕 굴러 떨어지듯이 내려가서는 그걸로
끝이었다. 잠잠해졌다. 나는 스위치를 다시 눌러 전등을
끄고 아버지께서 외국에서 선물로 사다 주신 벨벳코트를
벗은 후 띠만 풀고 기모노를 입은 채 자리에 누웠다. 피곤
한 데다 술을 마신 까닭인지 몸이 나른해 금방 졸음이 몰
려왔다.

　어느샌가 그 사람이 옆에 누워 있는 게 아닌가. 나는 한
시간여 동안 말없이 필사적으로 저항했다. 문득 딱한 생각
이 들어 저항을 포기했다.

　“이렇게 하지 않으면 불안하신 거죠?”

　“뭐 그런 셈이지.”

"당신, 몸을 너무 함부로 하시는 것 아니에요? 객혈하셨
죠?"

"어떻게 알지? 실은 얼마 전 심하게 한 적이 있었지만,
아무도 몰라."

"어머니가 돌아가시기 전과 같은 냄새가 당신한테서 느
껴져요."

"죽기로 작정하고 마시지. 산다는 것이 못 견디게 슬퍼.
외롭다느니 쓸쓸하다느니 하는 그런 한가함이 아니라, 슬
픈 거지. 암울한 기운이 가득한 탄식의 한숨이 사방에서
들려오는데 자신들만 행복할 리가 없지 않은가. 자신의 행
복도 영광도 살아 있는 동안에 결코 없다는 것을 안 순간
사람은 어떤 심정이 될까. 노력? 그런 건 그냥 굶주린 야수
의 먹이가 될 뿐이다. 비참한 사람이 사방에 널렸어. 내 말
이 거슬리나?"

"아뇨."

"사랑뿐이군. 자네가 편지에 쓴 그대로야."

"그래요."

나의 그 사랑은 사라져 버렸다.

날이 밝았다.

방 안이 희미하게 밝았다. 나는 옆에서 자고 있는 그 사

람의 옆얼굴을 찬찬히 바라보았다. 곧 죽을 사람의 얼굴을 하고 있었다. 몹시 지쳐 보였다.

세상에 둘도 없는, 이루 말할 수 없는 아름다운 얼굴처럼 느껴져 사랑이 새롭게 되살아난 듯했다. 가슴을 두근거리며 그 사람의 머리를 쓰다듬고 그에게 입맞춤을 했다.

슬프디슬픈 사랑의 성취.

우에하라 씨는 눈을 감은 채 나를 안았다.

"내가 좀 삐딱하게 굴었어. 나는 평민의 자식이라서."

이제 이 사람을 떠나지 않으리라.

"저, 지금 행복해요. 사방에서 탄식 소리가 들려와도 지금의 행복감은 포화 상태예요. 재채기가 날 정도로 행복하답니다."

우에하라 씨는 허허 웃었다.

"허나 이미 늦었는걸. 황혼이야."

"아침이에요."

동생 나오지는 그날 아침에 자살했다.

7

나오지의 유서

누님,

안 되겠어, 나 먼저 가요.

내 자신의 존재 이유를 완전히 상실하고 말았습니다.

살고 싶은 사람만 살면 되잖아요.

인간에게 살 권리가 있다면 마찬가지로 죽을 권리도 있을 겁니다.

나의 이런 사고방식은 전혀 새로울 것도 없어요. 아무것

도 아닌, 지극히 근원적인 사실을 사람은 괜히 두려워서 대놓고 말을 못할 뿐입니다.

살고 싶은 사람은 어떻게 해서든 반드시 꿋꿋이 살아야만 해요. 그건 아름다운 것이죠. 인간의 영예란 것도 아마도 그런 데 있겠지만 죽는 것도 죄는 아니란 생각이 듭니다. 나라고 하는 풀은 이 세상 공기와 태양 속에서 살기 어렵습니다. 살아가기엔 한 가지 결핍된 요소가 있습니다. 모자랍니다. 지금까지 살아온 것도 나로선 최선을 다했습니다.

나는 고등학교에 들어가 나와 전혀 다른 계급에서 자란 강하고 다부진 풀 같은 친구와 처음으로 사귀었는데, 그 기세에 눌린 나는 지지 않으려고 마약을 이용해 반미치광이가 되어 저항했습니다. 그리고 군인이 되어서도 역시 생의 최후 수단으로 아편을 이용했습니다. 나의 이런 심정을 누님은 모르시겠죠.

나는 천박해지고 싶었습니다. 강해지고, 아니, 사나워지고 싶었습니다. 그것이 이른바 민중의 친구가 될 수 있는 유일한 길이라고 생각했습니다. 술 정도로는 성에 차지 않았습니다. 항상 어지럼증을 느껴야만 했습니다. 그걸 위한 방법은 마약뿐이었습니다. 집을 잊어야만 한다. 아버지의 혈통에 반항해야 한다. 어머니의 상냥함을 거부해야만 한다.

누나에게 냉정해야 한다. 그렇지 않으면 민중의 방에 들어갈 수 있는 입장권을 얻을 수 없다고 생각한 것입니다.

저는 천박해졌습니다. 천박한 말투를 사용하게 되었습니다. 하지만 그런 내 노력의 절반, 아니 60퍼센트는 애석케도 임시방편에 지나지 않았습니다. 어설픈 잔재주에 불과했습니다. 여전히 나는 민중에게 아니꼽고 거북한 새침데기 사내였습니다. 그들은 마음을 트고 진심으로 나를 대하지 않았습니다. 그러나 이제 와서 등졌던 사교모임으로 다시 돌아갈 수도 없습니다. 가령 저의 천박함이 60퍼센트는 임시방편이라 할지라도 나머지 40퍼센트는 진정 천박하게 변했습니다. 나는 소위 상류 사교 모임의 역겨운 품위에는 구역질이 나 잠시도 참을 수 없게 되었고, 또한 훌륭하신 분들이나 지체 높으신 분들도 나의 나쁜 행실에 질려 당장 내쫓을 겁니다. 등진 세계로 돌아갈 수도 없고, 민중들은 악의로 가득한 지나친 정중함으로 자리를 내어주고 있을 뿐입니다.

어느 세상에서건 나처럼 생활력이 약하고 결함 있는 풀은 사상이고 지랄이고 없이 그저 스스로 소멸하는 운명의 존재일지도 모릅니다. 그러나 나도 할 말이 있습니다. 도저히 살아가기 힘든 사정을 뼈저리게 느끼고 있습니다.

인간은 모두 평등하다.

이것도 사상이랄 수 있습니까? 이 불가사의한 말을 고안한 사람은 종교가도 철학자도 예술가도 아닐 겁니다. 민중의 주된 시점에서 생겨난 말입니다. 구더기가 들끓듯, 어느샌가 누가 먼저랄 것도 없이 뭉게뭉게 피어올라 전세계를 뒤덮고 전세계를 곤경에 빠뜨렸습니다.

불가사의한 이 말은 민주주의와도 마르크시즘과도 전혀 무관합니다. 이건 분명히 주점에서 추남이 미남을 향해 내뱉은 말입니다. 단순한 초조감입니다. 질투하는 거죠. 사상이고 뭐고랄 것도 없습니다.

하지만 그 주점에서 울려 퍼진 질투 어린 외침은 교묘하게 사상이란 가면을 쓰고 민중 속을 행진하며 민주주의와도 마르크시즘과도 전혀 무관한데도 불구하고 어느샌가 그런 정치사상 및 경제사상에 들러붙어 묘하게 비열한 수로 터를 잡았던 것입니다. 메피스토(메피스토텔레스, 괴테의 『파우스트』에서 주인공 파우스트를 악으로 유혹하는 악마로 등장 - 역주)도 이런 터무니없는 방언放言을 사상으로 슬쩍 바꿔 놓는 따위의 재주는 역시 양심에 찔려 주저했을지도 모릅니다.

인간은 모두 평등하다.

이 얼마나 비굴한 말입니까? 남을 멸시함과 동시에 자

신마저 멸시하여 아무런 궁지도 없이 모든 노력을 포기하게 만드는 말. 마르크시즘은 노동자의 우위를 주장한다고 했지 평등하다고는 말하지 않았습니다. 민주주의도 개인의 존엄을 주장했지 평등하다고는 말하지 않았습니다. 유객꾼 같은 비열한 사람만이 그렇게 말합니다. "헤헤, 아무리 거드름을 피워도 다 같은 인간 아닌가."

왜 같다고 하는가. 왜 뛰어나다고 말할 수 없는가. 노예 근성의 복수.

하지만 이 말은 실로 난잡하고 섬뜩하여, 사람들이 서로 겁에 질리고 여러 사상을 능욕하고 노력을 웃음거리로 만들고 행복을 부정하고 미모를 더럽히고 영광을 땅바닥에 실추시키게 만듭니다. 이른바 '세기의 불안'은 이 불가사의 한 말에서 생긴 거라고 나는 봅니다.

꺼림칙한 말이라고 여기면서도 나 또한 그 말로 인해 두려워 떨면서 무슨 수를 쓰려고 해도 멋쩍고 늘 불안하고 가슴이 두근거려서 어찌할 바를 몰라, 차라리 술이나 마약의 현기증에 의해 순간의 안정을 얻고 싶어서 그렇게 엉망진창이 된 것입니다.

부실한 탓이겠죠. 어딘가 한 가지 심각한 결함이 있는 풀이겠죠. 다시 그럴싸한 무슨 핑계를 대 봤자, '원래 노는 걸

좋아하면서 뭘 그래. 게으름뱅이, 호색꾼. 이기적인 방탕아’
라고 유객꾼이 코웃음 치며 말할지도 모릅니다. 그리고 지
금까지는 그런 말을 들어도 그저 쑥스러워 애매하게 수긍
했지만, 이제 죽음에 직면하여 한마디 항의라도 해 두고 싶
습니다.

누나.

믿어 주십시오.

나는 향락 속에서도 전혀 즐겁지 않았습니다. 쾌락의 불
감증인지도 모릅니다. 난 단지 귀족이란 신분의 그늘에서
벗어나고 싶어 몸부림치며 즐겼고 황폐해졌습니다.

누나.

도대체 우리에게 무슨 죄가 있죠? 귀족으로 태어난 것이
우리의 죄일까요? 단지 그런 가문에서 태어났다는 이유만
으로 우리는 영원히 유다(예수의 12제자 중 한 사람. 예수를
팔아넘긴 배신자-역주)의 친척들처럼 황공해 하고 사죄하며
부끄러워하며 살아야 하겠군요.

난 좀더 일찍 죽고 싶었습니다. 그러나 단 한 가지, 어머
니의 애정. 그것을 생각하니 차마 죽을 수가 없었습니다. 인
간은 자유롭게 살 권리가 있음과 동시에, 언제든 마음대로
죽을 수 있는 권리도 있다고는 하지만, ‘어머니’의 살아생전

에는 그 권리도 유보해야 한다고 난 생각했습니다. 어머니를 죽이는 셈이 되니까요.

이제는 내가 죽어도 몸을 해칠 정도로 슬퍼해 줄 사람도 없습니다. 아뇨, 누님, 난 알아요. 나를 잃은 당신들의 슬픔이 어느 정도인지를. 아뇨, 거짓된 감상은 그만두세요. 당신들은 나의 죽음을 접하고 틀림없이 눈물을 흘릴 테지만, 삶의 고통과 그 지겨운 삶에서 내가 완전히 해방된 것을 기뻐해 주시면 당신들의 그 슬픔도 차츰 사라져 갈 것입니다.

나의 자살을 비난하며, 그래도 끝까지 살아야만 했다고 나에게 아무런 도움도 주지 못한 채 의기양양한 낯짝으로 혀끝으로만 비판하는 사람은, 폐하께 태연히 과일가게를 하시라고 권할 수 있을 정도의 대단한 인물임에 틀림없습니다.

누나.

난 죽는 게 낫습니다. 난 생활 능력이 없습니다. 돈 문제로 남과 다툴 힘이 없습니다. 난 남을 등쳐먹을 수조차 없습니다. 우에하라 씨와 어울릴 때도 내 것은 내가 계산했습니다. 우에하라 씨는 그런 나의 행동을 두고 귀족의 인색한 자존심이라고 하며 상당히 불쾌해 했습니다. 하지만 난 그런 알량한 자존심 때문에 지불한 것이 아니라, 우에하라 씨의 수입으로 경솔하게 먹고 마시며 계집질 따위를 감히 할 수 없었습니다. 우에하라 씨의 일을 존경하기 때문이라고 쉽게 단언하는 것도 거짓말인 것 같고, 그 이유는 잘 모르겠습니다. 단지 대접을 받는 것이 어쩐지 두렵습니다. 특히 그 사람 재능에 의해 번 돈으로 대접받는 자체가 너무나 괴롭고 미안했습니다.

그래서 집에서 돈이며 물건들을 들고 나왔고, 그걸로 인해 어머니와 누나를 슬픔에 빠뜨렸고, 나 또한 전혀 즐겁지 않았습니다. 출판업을 계획했던 일도 멋쩍음을 모면하기 위한 방편이었지 실은 전혀 진심이 아니었습니다. 진지하게 해 본들 남한테 대접받는 자체를 꺼리는 남자가 돈벌이라니, 애초에 글러먹은 사실이란 것을, 아무리 우둔해도 그 정도쯤은 간파하고 있었습니다.

누나.

우리는 가난해졌습니다. 살아 있는 동안 남을 대접하고 싶었는데, 이제는 남한테 대접을 받아야만 살 수 있는 처지가 되었습니다.

누님.

이런 상황에서 내가 왜 살아야만 하죠? 더 이상 안 되겠어요. 난 죽으렵니다. 편안하게 죽을 수 있는 약이 있습니다. 군대 시절에 챙겨 둔 것입니다.

누난 아름답고(난 아름다운 어머니와 누나가 자랑스러웠습니다) 현명하기 때문에 누나 걱정은 전혀 안 됩니다. 걱정할 자격조차 나에겐 없습니다. 도둑이 피해자의 신세를 헤아리는 격이 되어 쑥스러울 뿐입니다. 누나는 필시 결혼해서 아이를 낳고 남편을 의지하면서 꿋꿋이 살아갈 것입니다.

누나.

내게 한 가지 비밀이 있습니다.

오래도록 가슴에 묻고서, 전쟁터에서도 그 사람 생각뿐이었고, 그 사람 꿈을 꾸고 잠에서 깨어 울 뻔한 적도 수없이 많았습니다.

그 사람의 이름은 도저히 아무에게도, 입이 썩어 문드러지는 한이 있어도 밝힐 수 없습니다. 난 이제 죽기 때문에 그래도 누나한테만이라도 분명히 말해 둘까 했지만, 역시 두려움이 앞서 아무래도 그 이름을 밝힐 수가 없습니다.

하지만 그 비밀을 끝까지 비밀로 간직한 채, 누구에게도 털어놓지 않고 가슴 깊이 묻고 죽는다면, 내 몸이 화장火葬된다 할지라도 가슴속만 비릿하게 타다 말고 남겨질 것 같은 느낌에 심히 불안하여 누나한테만 넌지시 픽션처럼 알려 드리겠습니다. 픽션이라기보다는 단지 가명을 사용한 정도의 눈가림입니다.

누난 알고 있을까?

누난 그 사람을 알고 있을 테지만, 아마 만난 적은 없겠지요. 그 사람은 누나보다 약간 연상입니다. 외꺼풀에 치켜 올라간 눈매, 파마 한 번 한 적 없는 생머리, 항상 바싹 뒤로 잡아당겨 묶은 수수한 머리 모양에다 실로 초라한 차림이지만, 그렇다고 칠칠맞은 모양새는 아니고, 항상 단정하며 청결합니다. 그 사람은 전후戰後, 새로운 터치의 그림을 잇달아 발표하여 급속하게 유명해진 어느 중년 서양화가의 부인입니다. 그 서양화가의 행실은 이루 말할 수 없이 난폭하고 거친데도 불구하고, 그 부인은 태연자약하게 항상 상냥한 미소를 머금고 살고 있습니다.

"그럼 이만 가 보겠습니다."

내가 자리에서 일어나며 가겠다고 인사를 했습니다.

"왜요?"

그 사람도 일어나 스스럼없이 내 옆으로 다가와 내 얼굴을 쳐다보며 평소와 변함없는 목소리로 묻고는, 정말 의아하다는 듯 고개를 갸우뚱거리며 잠시 내 눈을 응시했습니다. 그런 그 사람의 눈에서 아무런 사심이나 거짓을 읽을 수가 없었습니다. 전 원래 여자와 시선이 마주치면 허둥지둥

시선을 피해 버리고 말지만, 그때만은 추호도 부끄러워하지 않고, 한 자尺 정도의 간격을 두고 60여 초 남짓 아주 기분 좋게 그 사람의 눈동자를 바라보다 그만 미소를 지으며 간신히 입을 열었습니다.

"그래도……."

"금방 돌아오실 거예요."

여전히 진지한 표정으로 말했습니다.

정직이란 이런 느낌의 표정을 일컫는 게 아닐까 하는 생각이 문득 들었습니다. 정직이란 말로 표현된 진정한 덕은 도덕교과서 같은 딱딱함이 아니라, 이처럼 어여쁜 것이 아닐까 하는 생각을 했습니다.

"다시 오겠습니다."

"그러시겠습니까?"

시종일관 대수롭지 않은 대화였습니다. 어느 여름날 오후, 그 서양화가의 아파트를 찾았습니다. 화가는 부재중이었지만 금방 돌아올 테니 들어와서 기다리라는 부인의 권유에 따라 방으로 들어가 30분 정도 잡지 등을 읽다가, 금방 돌아올 것 같지 않아 자리에서 일어나 돌아갔습니다. 단지 그뿐이었는데, 그날 그때의 그 사람의 눈동자에서 고통스런 사랑을 느끼게 되었습니다.

196

고귀함이라 표현해도 될까요? 내 주위의 귀족 중에는 어머니를 제외하고는 그토록 경계심 없는 정직한 눈을 지닌 사람은 아무도 없다고 분명히 말할 수 있습니다.

그리고 어느 겨울 저녁 무렵, 그 사람의 옆모습에 제법 감동을 받은 적이 있습니다. 역시 그 화가의 아파트에서 화가의 술벗이 되어 고타츠(脚爐 : 일본 실내 난방장치의 일종. 나무틀에 화로를 넣고 이불 같은 포대기로 씌운 것. 이 속에 손, 발, 무릎 등을 넣고 녹임-역주)에 들어가 아침부터 술을 마시며, 화가와 함께 일본의 소위 문화인들이라고 일컫는 자들을 사정없이 깎아 내리며 포복절도하다가, 마침내 서양화가는 쓰러져 요란하게 코를 골며 잠이 들었고, 나도 누워서 꾸벅꾸벅 졸고 있는데 담요가 살짝 덮이기에 실눈을 뜨고 보니 푸른빛이 감도는 도쿄의 맑은 겨울 저녁하늘 아래 부인은 딸아이를 안고 아무 일 없다는 듯 창문턱에 걸터앉아 있었습니다. 부인의 단정한 옆모습이 푸른빛이 감도는 저녁하늘을 배경 삼아 마치 옛날 르네상스 시대의 그림처럼 윤곽이 선명하게 다가와, 담요를 살짝 덮어 준 친절은 음탕함이나 욕망과는 전혀 무관한 것으로, 휴머니티란 이럴 때 적용되고 소생되는 말이 아닐까, 사람의 근원적인 쓸쓸한 동정심으로서 거의 무의식적으로 행하는 것처럼, 완벽한 한 폭의 그림처럼 부인은 조용히 먼 곳을 바라보고 있었습니다.

나는 눈을 지그시 감고, 그립고 안타까워 미칠 듯한 심정에 눈물이 흘러나와 담요를 머리서부터 덮어쓰고 말았습니다.

누나.

내가 그 서양화가의 집을 찾은 이유는, 최근 그 화가의 특이한 작품 터치와 그 밑바닥에 깔려 있는 열광적인 정열에 취한 탓도 있습니다. 하지만 교제가 깊어질수록 드러나는 그 화가의 무교양, 허위 그리고 추접스러움에 정나미가 떨어진 반면에, 그 부인의 아름다운 마음 씀씀이에 이끌리어, 아니 반듯한 애정을 가진 사람이 그립고 간절해서 부인의 모습을 한번 보고 싶은 마음에 그 서양화가의 집을 찾게 된 것입니다.

그 서양화가의 작품에 조금이라도 예술의 고귀한 정취가 느껴진다면 그건 부인의 상냥한 마음이 반영된 현상이란 생각이 새삼 듭니다.

내가 지금에서야 느낀 그대로를 분명히 말하는데, 그 화가는 그저 술꾼에다 방탕아, 교묘한 장사꾼입니다. 유흥비를 마련하기 위해 그저 엉터리로 캔버스에 물감 칠을 덕지 덕지 하고, 유행의 물결을 타 거들먹거리며 비싸게 팔아먹고 있습니다. 그 화가가 가진 것은 촌뜨기의 뻔뻔스러움, 어처구니없는 자신감, 교활한 상술뿐입니다.

아마도 그 화가는 다른 사람의 그림은, 외국인의 그림이든지 일본인의 그림이든지 전혀 이해를 못할 겁니다. 게다가 자신의 그림도 전혀 이해를 못할 테지요. 그저 유흥비 마련을 위해 물감을 캔버스에 더덕더덕 칠할 뿐입니다.

그리고 더욱 기가 찬 것은, 자신의 그런 엉터리 같은 그림에 아무런 의문도 수치심도 두려움도 느끼지 못한다는 사실입니다.

그저 자신만만해 할 뿐입니다. 어차피 자신의 그림을 파악하지 못하는 사람인지라, 다른 사람의 작품의 장점 따윈 알 턱이 없고 비난하기 일쑤입니다.

요컨대 그 화가의 데카당스한 생활은, 말로는 이러니저러니 괴로운 체하지만, 실제로는 멍청한 촌뜨기가 전부터 동경해 온 도시로 나와 뜻밖의 성공을 거둬 득의양양 하여 흥청망청 쓰고 다니는 것에 지나지 않습니다.

언젠가 내가 이런 말을 그에게 건넨 적이 있습니다.

"친구가 모두 나태하게 놀고 있을 때 자기 혼자만 공부한다는 게 쑥스럽고 두려워서 도저히 그럴 수 없기에, 전혀 놀고 싶지 않지만 저도 한패가 되어 놉니다."

그러자 그 중년 화가는 태연히 대답했습니다.

"에? 그것이 일종의 귀족기질이란 게 아닐까, 정말 싫단 말이야. 난 남이 노는 걸 보면 안 놀면 손해라는 생각에 마음껏 놀지."

난 그때, 그 화가를 진심으로 경멸했습니다. 이자의 방탕에는 고뇌가 없다. 오히려 엉터리 같은 놀이를 자랑으로 여긴다. 정말 어리석은 방탕아.

더 이상 화가의 험담을 늘어놓은들 누나와는 상관없는 일이고 또한 나도 죽음을 앞두고 그 사람과의 오랜 교제를 생각하니, 한 번 더 만나서 놀고 싶은 충동마저 듭니다. 그 화가가 밉지는 않습니다. 그 역시 외로움을 타는 꽤 좋은 구석이 많은 사람이므로 더 이상 말 않겠습니다.

다만 내가 그 사람의 부인을 사랑하여 어찌할 바를 몰라 괴로웠다는 사실만을 누나가 알아준다면 그걸로 됐습니다. 누나가 그걸 알아도 굳이 누군가에게 그 사실을 호소하여, 생전의 동생 소원을 풀어 준다든지 하는 그런 쓸데없는 참견 따위 하실 리가 절대 없을 것이고, 누나 혼자만 알고 아, 그랬구나 하고 생각해 주시면 됩니다. 좀더 바라는 게 있다면, 이런 나의 부끄러운 고백으로 인해 적어도 누나만이라도 지금까지의 내 생명의 고통을 더욱 심도 있게 헤아려 주신다면, 난 무척 행복할 것입니다.

언젠가 나는 부인과 손을 맞잡는 꿈을 꾸었습니다. 그리고 부인 역시 훨씬 이전부터 나를 좋아해 온 사실을 알았고, 꿈에서 깬 후에도 내 손바닥에 부인의 따뜻한 손가락의 촉감이 남아 있었습니다. 나는 이제 이것으로만 만족하고 단념할 것을 다짐했습니다. 도덕이 두려웠던 게 아니라, 나는 그 반미치광이, 아니 미치광이나 다름없는 그 서양화가가 상당히 두려웠습니다. 포기할 결심을 하고 마음의 불길을 다른 곳으로 옮기려고, 어느 날 밤 그 서양화가도 낯을 찌푸렸을 정도로 닥치는 대로 여러 여자와 놀아났습니다. 어떻게 해서든 부인의 환상에서 벗어나 잊어버리고 아무것도 아니고 싶었습니다. 하지만 실패했습니다. 나는 결국 한 여인만을 사랑할 수밖에 없는 남자입니다. 나는 분명히 말할 수 있습니다. 나는 부인 이외의 다른 여자 친구를 한 번이라도 아름답다든가 귀엽다고 느낀 적이 없습니다.

누나.

죽기 전에 딱 한 번만 적고 싶습니다.

……스가짱.

그 부인의 이름입니다.

어제, 내가 전혀 좋아하지도 않는 댄서(이 여잔 원래 멍청한 구석이 있습니다)를 데리고 산장에 온 이유는, 오늘 아침에 죽으려고 온 것은 아니었습니다. 조만간 반드시 죽을 작정이었지만, 그런데 어제 여자를 데리고 산장에 온 것은 여자가 여행을 졸라 대기도 하고 나도 도쿄에서 놀기도 지쳐, 이 멍청한 여자와 이삼 일 산장에서 휴식을 취하는 것도 나쁘지 않을 것 같아 누나에겐 조금 무안했지만, 아무튼 여기에 함께 왔던 것입니다. 와 보니, 누나는 도쿄에 친구를 만나러 나간다고 하기에, 그때 문득 내가 죽는다면 지금이 적기라는 마음이 들었습니다.

나는 전부터 니시카타마치의 그 집 구석방에서 죽고 싶었습니다. 길가나 들판에서 죽어, 구경꾼들이 시체를 이리저리 뒤척거리는 것은 도저히 싫었습니다. 하지만 니시카타마치의 그 집이 남의 손에 넘어가는 바람에 이제는 어쩔 수 없이 이 산장에서 죽는 수밖에 없다고 생각했지만, 내 자살을 맨 먼저 누나가 알게 될 것이므로, 그 순간 얼마나 놀라고 무서울지를 생각하니, 누나와 단 둘이 지내는 밤에 자살하는 것은 마음이 무거워 도저히 할 수 없었습니다.

그러다 기회가 온 것입니다. 누나가 아닌, 둔하기 그지없는 댄서가 내 자살의 발견자가 되어 주는 겁니다.

어젯밤 둘이서 술을 마시고 여자를 이층 방에 자게 하고
는 나 혼자 돌아가신 어머니의 방에 이불을 펴고, 이 수기,
비참한 수기를 쓰기 시작했습니다.

누나.

나에게는 희망의 터전이 없습니다. 안녕히 계세요.

결국 나의 죽음은 자연사自然死입니다. 사람은 사상만으
로는 죽을 수 없기 때문이죠.

그리고 한 가지, 쑥스럽기 그지없는 부탁 하나 드릴게요.
어머니의 유품인 삼베 기모노. 그걸 누나가 내년 여름에 나
입으라고 손질해 주었죠. 그 옷을 내 관에 넣어 주세요. 나,
입고 싶었습니다.

동녘이 밝아 오고 있습니다. 그동안 걱정을 끼쳐 드려 죄
송합니다.

안녕.

어젯밤의 취기는 완전히 가셨습니다. 나는 말짱한 정신
으로 죽습니다.

한 번 더, 안녕.

누나.

난 귀족입니다.

8

꿈.

모두가 나에게서 떠나간다.

나오지가 죽고 뒷수습을 하고 난 뒤 한 달 동안, 나는 산장에서 혼자 지냈다.

그리고 나는 그 사람에게 어쩌면 마지막이 될지도 모르는 편지를 덤덤한 마음으로 써 보냈다.

어쩐지 당신도 저를 버리신 듯합니다. 아니, 점점 잊어 가고 계시겠죠.

하지만 전 행복하답니다. 저의 염원대로 아기가 생긴 듯합니다. 전 지금 모든 걸 잃은 기분이지만, 뱃속의 어린 생명이 제 고독한 미소의 씨앗이 되었습니다.

전 절대로 불결한 실책이라고 여기지 않습니다. 이 세상에 전쟁이니, 평화니, 무역이니, 조합이니, 정치니 하는 것이 무슨 명목으로 있는지를 요즘 들어 알게 되었습니다. 당신은 모르실 테죠? 그러기에 항상 불행한 겁니다. 제가 가르쳐 드리죠. 그건 말이죠, 여자가 좋은 아기를 낳기 위함입니다.

전 애초부터 당신의 인격이나 책임감에 기대할 마음은 없었습니다. 저의 일편단심 사랑의 모험을 성취하는 것만이 문제였습니다. 그리고 지금은 저의 그 소원이 이루어져 제 마음은 숲속의 늪처럼 고요합니다.

저는 승자勝者입니다.

가령 마리아(Maria : 예수 그리스도를 낳은 여인. 다윗 가문의 여인으로 요셉과 약혼을 했지만, 성령으로 잉태되어 예수를 낳음-역주)가 남편의 씨가 아닌 아이를 낳아도 빛나는 자긍심이 있다면, 바로 성모자(聖母子 : 마리아와 예수님-역주)가 되는 것입니다. 저는 구태의연한 도덕을 태연히 무시하고 좋은 아이를 얻은 것에 만족하고 있습니다.

당신은 그 후로도 기로틴 기로틴 외치며 신사 양반들과 아가씨들과 술을 마시며 데카당스한 생활을 지속하고 있겠지요. 하지만 전 그것을 그만두라고는 않겠어요. 그것 역시 당신이 최후로 겨루는 투쟁의 한 형태일 테니까요.

술을 끊고 병을 고쳐 장수하면서 훌륭한 일을 하라는 따위의 그런 상투적이고 무책임한 말은 하고 싶지 않습니다. '훌륭한 일'보다도 죽을 각오로 이른바 타락한 생활을 지속해 나가는 것이 오히려 후세 사람들이 고맙다고 할지도 모릅니다.

희생자. 도덕적 과도기의 희생자. 당신도 저도, 바로 그 당사자들입니다.

혁명은 도대체 어디서 일어나고 있습니까? 적어도 우리 주변에는 케케묵은 도덕이 조금도 변하지 않은 채 우리의 앞길마저 가로막고 있습니다. 바다 표면의 파도가 아무리 요동친다 할지라도 그 속의 해수海水는 혁명은 고사하고 꿈쩍도 않고 자는 척 드러누워 있습니다.

하지만 전 지금까지의 제1회전에서는 낡은 도덕을 아주 조금이나마 타파했다고 생각합니다. 그리고 이번 태어날 아기와 함께 제2차, 제3차전을 싸워 나갈 작정입니다.

사랑하는 사람의 아이를 낳고 키우는 것이 제 도덕혁명

의 완성입니다.

당신이 저를 잊으셔도, 또한 당신이 술로 인해 목숨을 잃게 된다 할지라도 전 저의 혁명을 완성하기 위해 건강하게 살아갈 수 있을 것 같습니다.

전 당신의 그 형편없는 인격에 관한 얘길 일전에 어느 사람으로부터 세세하게 들었습니다. 하지만 저를 이렇듯 강하게 만든 건 바로 당신입니다. 저의 가슴에 혁명의 무지개를 걸어 주신 분도 당신입니다. 삶의 목적을 부여한 것도 당신입니다.

전 당신을 자랑스럽게 여기고 또한 태어날 아이한테도 당신에 대한 자긍심을 불어넣어 줄 것입니다.

사생아와 그 어머니.

하지만 우리는 이 낡은 도덕과 끝까지 맞서 싸울 것이며 태양처럼 살아갈 작정입니다.

아무쪼록 당신도 당신의 투쟁을 지속하십시오.

혁명은 아직도 널리 확산될 기미를 전혀 보이지 않고 있습니다. 더더욱 몇 명의 아까운 고귀한 희생이 필요한 듯합니다.

이 시대에 가장 아름다운 것은 희생자입니다.

작은 희생자가 여기 한 사람 있습니다.

우에하라 씨.

전 이제 일절 당신께 부탁 같은 건 하고 싶지 않습니다만, 작은 희생자를 위해 한 가지만 부탁드리고 싶습니다. 태어날 아이를 단 한 번만이라도 좋으니 당신 부인께서 안아 주셨으면 합니다. 그리고 그때 제가 이런 말을 하고 싶습니다.

"이 아인 나오지의 여자가 몰래 낳은 아기랍니다."

저의 그런 저의를 묻지 마세요. 아뇨, 실은 저 자신도 잘 모르겠습니다. 하지만 전 무슨 일이 있어도 반드시 그렇게 할 것입니다. 나오지란 저 작은 희생자를 위해 반드시 그렇게 해야만 합니다.

불쾌하세요? 그렇더라도 참아 주세요. 이것이 버림받고 잊혀 가는 여인의 유일한 여린 심술이라 여기시고, 반드시 들어주시기 바랍니다.

M.C. 마이 코미디언

1947년 2월 7일

이 작품을 번역하는 동안 나에게 끊임없이 떠오르는 한 단어가 있었다.

모럴 해저드moral hazard, 도덕적 해이였다. 신문에 자주 등장하는 이 말은 이 시대, 아니 동서고금을 막론하고 인간과 세상의 근본 문제의 원인으로 거론되는 만만찮은 주제이기도 하다. 근본적인 누더기 옷을 그대로 걸친 채 잘해 보려는 몸부림에 악취만 풍기고 더러운 먼지만 날리고 있는 인간사의 본질적인 형태도 막연하게나마 그려 볼 수 있는 작품이었다.

다자이 오사무太宰治, 그의 작품 속에서는 삶에 대한 적극적인 희망의 모티브를 전혀 찾아볼 수 없다. 도덕적 해이로 인한 지독한 염세주의와 철저한 자기 파괴적 성향으로, 그의 표현을 빌리자면 '구차한 삶'을 묘사하고 있다.

먼저 그의 작품을 대함에 있어 다자이 오사무의 인간성과 문학성에 영향을 미친 중요한 요인 세 가지를 살펴보고자 한다.

작가가 일본 도후쿠東北 지방의 스가루津輕에서 태어나고 자란 사실, 대지주의 집안이었다는 사실 그리고 여섯째 아들로 자란 사실들이 다자이 오사무의 생애와 문학을 이해하는 데 있어서 중요한 사항이다.

그런 물질의 풍요로움은 어린 그의 마음속에 어느새 선민의식을 자라게 했고 타의 모범적인 인간이라는 자부심을 가지게 했다. 귀족의식을 가졌다 해도 무리는 아니었을 것이다. 그러나 자신의 집안이 고리대금업으로 재산을 모은 신흥졸부라는 사실과 가난한 농민을 착취하여 집안의 부와 넉넉한 생활이 영위되고 있다는 것을 알고 나서 그는 고뇌하기 시작한다. 그리하여 당시 일본에 들어온 민주주의와 마르크시즘 사상을 접하고는 자신이 대지주의 아들이란 사실에 죄의식을 느끼게 된다.

히로사키弘前 고교를 졸업하고 동경대 불문과에 입학하면서 그의 죄의식은 더욱 깊어져 마침내 마르크스 정치 운동에 참여하게 된다.

다자이 오사무의 생애에 가장 큰 영향을 준 것은, 여섯째아들이라고 하는 사실이다. 당시 일본의 가부장제도 아래에서는 대를 이을 장남만이 중시되었고, 여섯째인 다자이 오사무는 있으나마나한 존재였다. 그 넓은 집에 자신의 방이 없었고, 부모의 사랑을 받지 못하고 자란 그는 하인들과 친숙하게 지냈다. 이런 이유로 아웃사이더로서의 반역의식이 생겨난 것이다. 성실하고 예의 바른 척 위선적인 삶을 배격하고 자신이 믿는 다분히 주관적인 길을 걸어가려고 작가는 다짐하게 된다. 그래서 그는 공산주의 운동에 참가하여 나로드니키(Narodniki : 19세기 러시아의 70~80년대에 걸쳐서 토지해방 운동을 주장한 지식계급의 혁명가들-역주)의 길에 들어서게 된다. 하지만 모든 것을 포기하고 뛰어든 정치세계에서마저 수단과 방법을 가리지 않고 욕구를 충족하는 위선적인 모습에 깊은 위화감과 절망을 느낀다. 그로 인해 여덟 번의 자살 기도라는 나락으로 떨어지게 된다.

어차피 자신이 망할 존재라면 이런 어리석은 사내도 있었다는 것을 글로 남겨 혹 구원받는 사람이 있기를 바라는

마음에서 유년기부터의 일을 글로 남겼는데, 그 작품이 바로 『추억思い出』이다. 그 후부터 죽음을 전제로 해서 소설을 쓰기 시작해 창작집 『만년晩年』을 발표했다. 그리고 『역행逆行』이란 작품이 문학청년들 사이에 큰 반향을 일으키고 문단 저널리즘으로부터 주목을 받아 1935년 제1회 아쿠타가와芥川 상의 후보작으로 선정되었다.

전후, 『사양』을 발표하여 청년층의 열렬한 환영을 받음으로써 일약 인기작가가 되었으나 1948년 애인과 정사情死하였다.

『사양』은 패전을 하고서도 털끝만큼도 변하지 않는 인간의 이기주의, 인색함, 진부함에 절망한 작가가 자신 속의 이런 요소들을 낱낱이 드러내어 철저하게 비판, 부정함으로써 이 세상의 낡음과 인색함, 악 그리고 위선을 파괴하고자 결의한 작품이다. 작가는 모든 기성 도덕을 뒤엎고 낡은 도덕적 가치를 전환할 엄청난 전투를 개시한다. 『사양』은 진정한 혁명을 위해서는 아름다운 멸망이 필요하고 사랑과 혁명이야말로 인간이 새롭게 출발할 수 있는 통로임을 모색한 장편소설이다.

다자이 오사무 문학의 집대성이라고 할 수 있는 『사양』은 평소에 가깝게 지내던 여성 오타 시즈코太田作之助한테서 빌린 일기를 토대로 해서 아오모리현 스가루 대지주였던 집안이 일본의 패전과 더불어 몰락해 가는 과정을 지켜보며 평소에 작가가 애독한 체호프의 『벚꽃동산』에서 모티브를 얻어 쓴 작품이다.

'사양'은 지는 태양을 일컫는다. 어둡지 않다. 하지만 한낮의 태양과는 달리 어둠과 밝음이 공존하여 한층 밝은 느낌으로 다가온다. 작가는 사양의 이런 미묘하고 순간적인 감각 위에 이 작품을 세우려 했던 건 아닐까. 밝음과 어둠을 대립적인 위치에 두지 않고 밝음 속에서 어둠을, 어둠 속에서 밝음을 보고자 하는 작가의 감각적 터치를 엿볼 수 있다.

'최후의 귀부인'으로 그려진 아름답고 상냥하며 적당한 유머 감각과 재치를 갖춘 어머니는 밝게 묘사되고 있다. 다자이가 한때 추구했던 이상적인 인간상이라고 볼 수 있는데, 가냘프고 금방 쓰러질 것 같은 사양의 속성을 지니고 있지만 멸망을 불가피한 것으로 받아들이고 최후의 빛을 발하며 아름답게 죽어간 인물이다.

그와는 대조적인 성향을 보이는 인물이 우에하라다. 이 역시 패전 후 작가 자신의 모습을 묘사하고 있다. 그에게

214

삶은 슬픔이었고 이미 져 버린 황혼이었다. 그 슬픔과 음침한 삶에서 벗어나기 위해, 아니 그런 삶이라도 살아가기 위해 그는 하루도 거르지 않고 아침부터 술을 마셔야만 했다. 귀족이 싫다고 내뱉는 그에게 데카당스는 오히려 계급 신분의 복수를 의미하며, 그로 인해 평민의 자식으로서 왕성한 생명력을 느끼게 한다.

작가가 『만년』을 집필할 당시의 자신의 모습을 반영하고 있는 나오지는 특권계층에서 유약하게 자랐다. 하지만 현실 속에서 만난 강인한 풀뿌리 같은 민중들과 어울릴 수 없는 자신을 비관하며, 생의 수단으로 마약에 손을 댄다. 마약중독으로 40퍼센트 정도는 변했지만, 60퍼센트는 임시방편에 불과했음을 깨닫게 되면서 아웃사이더로 배회하게 된다. 결국 평등주의는 어불성설임을 호소하며 자살한다. 나오지는 다자이 오사무의 사념을 확실하게 투영하고 있다고 볼 수 있다.

"평등주의는 실로 난잡하고 섬뜩하여 사람들이 서로 겁먹고, 여러 사상을 능욕하고, 노력이 조소당하며, 행복을 부정하고, 미모를 더럽히고, 영광을 땅바닥에 실추시킨다. 소위 '세기의 불안'은 이 불가사의한 한마디에서 나온 거라고 나는 봅니다."

주인공 가즈코는 애처로울 만치 세상물정에 무지한 아가씨다.

원래 귀족으로서 지체 높은 가문의 아가씨였지만 전쟁으로 인해 모든 걸 잃어버렸다. 상냥한 어머니와 함께 시골 별장에서 은둔 생활을 한다. 그녀는 서른에 접어든 여성이지만 천진난만한 아이 같다. 어머니에게 소녀처럼 어리광을 피우고, 장래의 계획도 생활의 아무런 지침도 없이 살던 그녀가 변모해 간다.

"인간은 사랑과 혁명을 위해 태어났음을 확신하고 싶다."

이렇게 단언하는 여자로 변한 것이다. 그녀는 목표를 정하고 우에하라에게 러브레터를 보낸다. 교활함인지 순진함인지 알 수 없는 분장이지만 묘하게 가슴을 울린다.

"당신의 애첩이 되어 당신 아이의 엄마가 되는 것이 저의 희망이에요. 이 같은 편지를 만약 비웃는 사람이 있다면 그 사람은 여자의 살아가는 노력을 비웃는 사람입니다."

그녀가 사랑하는 우에하라는 작가 자신이기도 하다.

사양은 결코 연애소설이 아니다. 자기 삶의 출구를 찾기 위해 어머니가 되려고 결심한 여자와 그 상대가 되어 주려고 한 남자의 이야기이기도 하다.

가즈코는 난생처음으로 살고 싶은 욕망을 품게 된다. 처음이어서 그런지 그 방법은 유치하게도 느껴지지만, 그녀는 저돌적으로 도덕을 뛰어넘어 한 남자에게 사랑을 표현한다.

사랑이란 말의 의미도 모른 채 남자에게 안긴다.

세상은 불길한 시선으로 그녀에게 도덕의 잣대를 수없이 갖다 댈 것이다. 그녀는 정죄당하고 갖가지 수난을 겪게 될 것이다.

우리는 자신을 고난 속에 내던져 많은 피를 흘리고 그것으로 삶을 실감하고자 하는 가즈코의 의지를 엿볼 수 있다.

십자가의 부활을 꿈꾸었던 건 아닐까. 예수님의 부활은 인간에게 불가능하다는 그녀의 말을 떠올려 본다.

사양은 섬뜩하면서도 아름다운 소설이다. 마지막까지 정밀함을 유지하며 사생아와 어머니란 딱지가 붙는다 할지라도 빛나는 자긍심만 있다면 성모자聖母子가 된다는 결론을 내리며 낡은 도덕을 태연히 비웃고 있다.

작가는 『사양』을 발표한 후 평소의 결핵 병세가 악화되었고 1948년에 들어서는 현저하게 심신이 쇠약해졌다. 그런 그가 죽음을 걸고 자신의 내부를 파헤치고 현대인의 정신적 고뇌와 진실을 고백하는 작품 『인간실격人間失格』을 발표한다.

『사양』은 작가가 생을 마감하기 전 서른아홉의 나이에 쓴 작품이다.

다자이 오사무가 문학자로서 창작활동을 한 것은 1933년의 『추억』이란 작품부터 1948년 『굿바이』에 걸친 고작 15년간이다. 태평양전쟁을 중심으로 한 격동의 시기로, 가장 어렵고 열악한 시절이었다. 그럼에도 불구하고 다자이 오사무의 문학은 일본문학으로서는 보기 드문 보편성과 국제성을 지니고 있다. 그리고 오늘날에도 사람들의 심금을 울리는 불가사의한 매력을 가지고 있다.

일본의 변두리 스가루 출신인 다자이 오사무의 문학이 오늘날에도 전세계적으로 널리 통용될 수 있는 보편성과 공통성을 지녔다는 사실은 정말 흥미로운 일이 아닐 수 없다.

또한 다자이 오사무의 문학은 해마다 새로운 젊은 독자들을 확보해 나가고 있다. 젊은 아쿠타가와 수상자인 유미리, 츠지 히토나리 등이 가장 영향을 받은 작가로 다자이 오사무를 거론하여 화제가 되기도 했다.

우리는 예측 불허의 삶을 살아가고 있다. 인간은 젖과 꿀이 흐르는 가나안 땅을 향해 열심히 살아간다. 아니 몸부림치고 있다. 다자이 오사무의 깊은 고뇌와 철학이 응축

된 이 작품을 번역한 것을 계기로 인간의 근본 문제에 대
해, 나의 정체성과 삶의 목적에 대해 되돌아보게 되었다.
여주인공 가즈코가 로자 룩셈부르크의 『경제학 입문』을
읽고 경제와는 상관없는 엉뚱한 곳에서 흥미를 느꼈던 것
처럼 독자 여러분께서도 이 작품을 통해서 다양한 감동을
느끼시길 바란다.

육후연

육후연

경남 삼천포 출생. 일본 후띠바(賞葉) 일본어 전문학교를 졸업하였다.
한국정치신문사 편집기자로 활동하다가, 한성출판기획 에이전시에서
일본어권 에이전트로 근무하였다.
현재는 프리랜서로 활동중이며, 역서로는 『도련님』 등이 있다.

사양

1판 1쇄 발행 | 2003. 9. 17
2판 1쇄 발행 | 2013. 10. 7

글쓴이 | 다자이 오사무
옮긴이 | 육후연
본문디자인 | 이미연
펴낸이 | 박옥희
펴낸곳 | 도서출판 인디북

등록일자 | 2000. 6. 22
등록번호 | 제 10-1993호
주소 | 서울시 마포구 염리동 27-216 2층
전화번호 | 02)3273-6895~6
팩스번호 | 02)3273-6897
e-mail | indebook@hanmail.net

ISBN 978-89-5856-135-4 03830

「이 도서의 국립중앙도서관 출판시도서목록(CIP)은 서지정보유통지원시스템 홈페이지
(http://seoji.nl.go.kr)와 국가자료공동목록시스템(http://www.nl.go.kr/kolisnet)에서 이용하실
수 있습니다.(CIP제어번호: CIP2013016212)」